Bettina-Christin Lemke

Feuchte Gedanken

Erotische Kurzgeschichten

2. Auflage, 2018
Bettina-Christin Lemke, »Feuchte Gedanken«
Erotische Kurzgeschichten
© 2009 Bettina-Christin Lemke
Herstellung und Verlag: BoD – Books on Demand, Norderstedt
Umschlagfoto: Jesse Barrow
ISBN 978-3-837-09589-0

Inhalt

Vernissage

Gleich als Amelie die kleine Galerie betrat, sah sie ihn, umgeben von zwei anderen jungen Männern, die ihr ebenfalls unbekannt waren, mit einem Glas Sekt in der Hand, noch halbvoll, nahezu in der Mitte des Raumes stehen. Mit ausladenden Gesten schien er über ein Erlebnis zu berichten, die beiden Zuhörer nickten ab und zu beflissentlich unterbrochen, von ein paar „Ahhs" und gemäßigtem Gelächter.

Zu einer Vernissage der Freundin einer Freundin zu gehen, war stets ein Unterfangen, welches mehr aus Solidarität stattfand, denn aus Interesse. Man fungierte als Raumfüller und hatte als erweiterte Gastgeberin eher zur Unterhaltung der echten Gäste beizutragen, als dass man unterhalten wurde.

„Vielleicht könnte sich eine Gelegenheit ergeben, einen Mann kennenzulernen. Etwas Frisches, Spannendes", hatte sie gedacht, bevor sie sich zurechtgemacht hatte. Amelie war es leid immer mit den gleichen Kerlen loszuziehen, mit denen eine Liebesbeziehung, sogar ein kleines Techtelmechtel, von vornherein nicht in Frage kam: Ex-Freunde, Ex-Freunde von Freundinnen oder diese Supernetten mit denen man zwar reden konnte, die aber so erotisch wie eine tote Qualle waren und die irgendwann einmal irgendwoher aufgetaucht sind, eigentlich schon immer da waren und sich mit Begeisterung der platonischen Beziehung hingaben und dennoch immer hofften, es könnte mehr daraus werden.

Dieser Mann dort in der Mitte könnte anders sein. Er könnte es sein. Amelie entschied sich dafür, sofort anzugreifen. Ohne eine Vermittlerin aufzusuchen, ohne langes Beobachten von einem sicheren Eckplatz aus, einschließlich der hundert Gedankenfetzen zwischen Zweifel und Hoffnung, die stets so unnütz waren wie der Regenschirm bei strahlendem Augustwetter.

„Hallo" sagte Amelie, ihm fest in die tiefgrünen Augen blickend, „ich bin Amelie Winterkorn. Könnten Sie wohl so nett sein und mich durch die Ausstellung begleiten?" Überrascht, aber nicht unangenehm berührt, setzte der Überfallene nur mit geringer Verzögerung ein charmantes Lächeln auf und nahm ihre ausgestreckte Hand entgegen: „Paul Friedrichs. Sehr gerne. Es ist mir ein Vergnügen."

Paul Friedrichs entschuldigte sich bei seinen Gesprächspartnern. Amelie griff er am rechten

Ellenbogen, um sie durch die Menge zu bugsieren, während er sagte: „Wir beginnen vorne links. In der richtigen Reihenfolge vermitteln die Werke ihren besten Eindruck."

Es gefiel Amelie, dass er sie weiter am Arm hielt, obgleich vor der ersten Leinwand genügend Platz war und diese beschützende Geste ihren Sinn verloren hatte.

Während er über Motive, Hintergründe und Pinselführungen dozierte, versuchte sie sich vorzustellen wie er sich beim Sex verhalten würde. Manche Männer bestanden auch da auf eine Führungsrolle, andere gaben sie gerne ab und schraken eher davor zurück, Initiative zu ergreifen. Würde er seinen Bauch einziehen, während er über ihr war, einfach drauflos stöhnen oder eher ruhig sein? Wäre er in der Lage, Signale wahrzunehmen und entsprechend zu reagieren, oder musste man bei ihm mit klaren verbalen Regieanweisungen kommen?

Mitten im Satz schaute sie ihn an und gab körpersprachliche Signale, die um einen Einwurf baten: Sie straffte ihre Körperhaltung, atmete etwas tiefer ein, öffnete den Mund leicht.

„Bitte entschuldigen Sie. Ich rede und rede, dabei haben Sie bestimmt konkrete Fragen an die Werke?"

Wow. Er hatte es innerhalb von fünf Sekunden gemerkt. Das war richtig gut, stellte Amelie für sich zufrieden fest und äußerte laut eine banale Frage mit interessierter Mimik. Seine Antwort driftete ein wenig am Erwarteten vorbei, obgleich sie sich klar ausgedrückt hatte.

Sie fragte sich, ob er einer von diesen Männern war, die sich im Bett immer nur um sich selber drehten oder eher zu denen gehörte, die sich überbemühten. Gab es eigentlich auch etwas dazwischen?

Amelie sagte: „Sie können das Bild wunderbar erklären. Haben Sie beruflich mit Kunst zu tun?" Paul behalf sich mit einer knappen, ehrlichen, wenig angeberischen Antwort: „Nein, ich interessiere mich nur ganz privat für Kunst. Ich arbeite bei einem Energieversorger." Er war also nicht in die Falle getappt. Er hatte nicht die Gelegenheit genutzt, stundenlang über sich und seinen tollen Job zu erzählen.

Zwischen diesem und dem nächsten Bild, bereitete Amelie die nächste Testfrage vor. Würde er leidenschaftlich sein, sich ganz im Sex vergessen?

Konnte er im Augenblick leben? „Was machen Sie denn gerne, wenn sie nicht arbeiten oder verlorenen Mädchen auf einer Vernissage ein paar Bilder erklären?"

„Och, ich segele ganz gerne, bin gerne am Meer. Oder was mir noch besser gefällt, mitten drin."

Großartig. Segler sind Genießer und Segeln braucht Leidenschaft. Kein Mensch würde diese Strapazen auf sich nehmen, wenn nicht eine echte Liebe dazu bestünde. Fast könnte man sagen: Es gibt keine Segler, die schlecht im Bett sind. Segeln und Sex sind sich unglaublich ähnlich.

Dann beim dritten Bild, während er ihr erklärte, warum die Künstlerin die Farbe schwarz für ein paar Abschnitte gewählt hatte, sah sie ihn für exakt zwei Sekunden in die Augen und sagte: „Ein Königreich für einen Kuss von Ihnen. Jetzt gleich."

Er blickte sich um, murmelte: „Hier jetzt gleich?"

Schade, schade. Ein so vielversprechender Beginn und nun war er durch die letzte Prüfung gerasselt. „Och, war nur so eine Idee", sagte sie und fragte nach dem Weg zur Toilette, um heimlich die Vernissage zu verlassen.

Der Freund

Ralph hatte gesagt, er finde es unlogisch, wenn die Frauen von einem Mann erwarten, zum Dinner eingeladen zu werden, und im Gegenzug dazu nicht bereit waren, für ihn zu bügeln oder sexuell verfügbar zu sein. Susann hatte darauf gesagt: „In Ordnung. Du zahlst und ich bügele und schlafe mit dir, wann immer du es möchtest." Ralph hatte nur einen Moment kritisch geschaut, dann bemerkt, dass sie es ernst meinte.

An einem Mittwochabend war Susann bei ihm zum Dinner eingeladen. Ralph war ein leidenschaftlicher Koch, dem ständig neue Kreationen einfielen. Meistens waren sie zu zweit, aber manchmal kamen noch andere Gäste. An diesem Mittwoch war Tom da. Tom hatte sie nur einmal gesehen. Er war unscheinbar, unattraktiv und langweilig. Dennoch schien er nett zu sein und irgendeinen Grund musste es haben, weswegen Ralph mit ihm befreundet war. Vielleicht brauchte Ralph ihn als Kontrastverstärker. So konnte er heller strahlen.

Nach dem Essen, es gab Zanderfilet mit Artischocken, stellte sich Ralph hinter Susanns Stuhl und strich ihr über den Busen. Auf seine Bitte hin trug sie lediglich einen roten Cashmerepullover, darunter weder ein Unterhemd noch einen BH. Tom sah dabei zu. Als Ralph den Pullover nach oben schob und ihre Brustwarzen mit Daumen und Zeigefinger stimulierte, sagte er: „Schau Liebes, Tom hat noch niemals mit einer Frau geschlafen. Dabei ist er schon 37. Kannst du dir das vorstellen? Ich würde ihm gerne mal zeigen, wie man das richtig macht, damit er, falls er doch noch mal eine Freundin findet, gleich bescheid weiß".

Ohne eine Antwort abzuwarten, sprach er jetzt an Tom gerichtet weiter: „Als Mann muss man sich stets dem Rhythmus der Frau anpassen, ganz gleich, wie geil man selber ist. Es ist wichtig, sie zu beobachten, um vorgetäuschte Lust von der echten zu unterscheiden. Susann kommt zum Beispiel recht schwerfällig in Gang. Es macht überhaupt keinen Sinn, mit einer Frau zu schlafen, wenn sie körperlich nicht bereit dazu ist. Jetzt zum Beispiel ist sie vermutlich kaum erregt und hat erst wenig Zervikalflüssigkeit gebildet. Trotz meiner Berührungen. Wir können uns das ja mal anschauen."

Susann wurde gebeten, mit dem Stuhl etwas vom Tisch abzurücken, den langen, dunklen Rock hochzuschlagen, den Slip auszuziehen und die Beine über die Armlehnen zu legen. Routiniert griff ihr Ralph zwischen die Beine: „Siehst du", sagte er triumphierend, „nur ein klein wenig feucht. Komm her und überzeuge dich selber."

Tom schwankte zwischen Unsicherheit, Begierde und Faszination und war kaum in der Lage, sich von seinem Platz zu erheben.

„Komm schon", sagte Ralph bestimmend. „Es ist in Ordnung für Susann. Wir haben eine Abmachung und sie ist immer heiß auf Variationen." Inzwischen hatte sich Ralph vor Susanns Stuhl gehockt und zögernd kann Tom dazu. Beherzt nahm Ralph Toms Hand und führte sie an Susanns Vagina. Sie spürte, wie die fremde, kalte Hand sie kurz berührte und sich dann wieder zurückzog.

„Schau", sagte Ralph, „das ist der Kitzler. Es ist das Lustzentrum der Frau, aber wenn sie noch keine Feuchtigkeit entwickelt hat, ist es ihr eher unangenehm sie dort zu berühren. Es ist ein sehr sensibles Körperteil, also mit großer Vorsicht zu behandeln." Während er sprach, schob er Susanns

Schamlippen noch etwas weiter auseinander, als sie es durch die Spreizung der Beine ohnehin schon waren und drückte mit dem Daumen auf ihrem Kitzler herum. „Es ist also besser, sich nicht nur hierauf zu konzentrieren, sondern die gesamte Region mit einzubeziehen. Aber dort ist das Zentrum und man hat dorthin immer wieder zurückzukehren.

Komm Susann, zieh dich ganz aus und leg dich aufs Sofa, damit Tom sich ein wenig ausprobieren kann. Ich kümmere mich inzwischen um den Abwasch. Mach sie ordentlich heiß, aber lass sie nicht kommen. Das besorge ich selber. Ja, wir fänden das wirklich großartig wenn du das Vorspiel übernimmst. Ich mag sie lieber, wenn sie wirklich Lust hat."

Alle Beteiligten gingen auf ihre Positionen. Susann zog sich aus und legte sich aufs Sofa, Tom setzte sich auf Höhe ihrer Oberschenkel neben sie und Ralph begann, das Geschirr in die Küche zu tragen.

Wie ein gehorsamer Schüler ging Tom vor. Vorsichtig fuhr er mit den Fingerspitzen über ihr Geschlecht. Hierhin und dorthin, um immer wieder das Zentrum der Lust zum Zentrum der Lust zu machen. Susann entspannte sich zusehends. Die kalte, fremde Hand wurde zunehmend wärmer und vertrauter. Sie spürte zwar kaum so etwas wie Lust, doch war ihr das, was sie fühlte, durchaus angenehm.

Mit einem Lappen in der Hand, um den Tisch zu säubern, trat Ralph dazu. „Ich finde, du machst das für den Anfang ganz gut. Aber schau. Unsere Susann schläft fast ein. Lust hat auch immer etwas mit dem Wechsel von Anspannung und Entspannung zu tun. Mit dem Wechsel von Aktivität und Passivität. Zu Beginn ist Entspannung und ein langsames Tempo mit behutsamen Bewegungen genau richtig. Aber man darf nicht dabei verharren. Jetzt ist es Zeit für eine etwas härtere Gangart. Festere, schnellere Bewegungen, fordernde Berührungen. Du kannst natürlich auch zum Übergang den Mund einsetzen, ihr vorsichtig in die Brustwarzen beißen und dich mit schnellen Zungenbewegungen um ihre Klitoris kümmern. Aber du musst mitbekommen, ob sie bereit dazu ist. Wenn sie sich irgendwo anspannt, ist sie es nicht und du musst mit der zarten Nummer weitermachen."

Tom rutschte etwas nach oben, nahm Susanns Brüste in die Hand und strich mit dem Daumen hart und schnell über ihre Brustwarzen, nahm sie in den Mund, saugte an ihnen und umschlang sie mit seiner

Zunge. Währenddessen prüfte Ralph die Feuchtigkeit ihrer Vagina und stellte erfreut fest, dass sie jetzt schon ziemlich feucht war. „Ja, jetzt ist sie langsam zum Ficken bereit." Susann hatte ihren Kopf nach hinten gestreckt, den Rücken leicht durchgebogen. Als sich Tom wieder um ihren Schoß kümmerte, glänzten ihre Brustwarzen von seinem Speichel und reckten sich hart und fest in die Höhe. „Pass auf, dass sie nicht kommt. Ich bin gleich fertig, dann übernehme ich. Also leg' noch mal eine ruhigere Runde ein."

Keine fünf Minuten später erschien Ralph aus der Küche, nackt, mit einer enormen Erektion. „So, da bin ich", sagte er, um Tom deutlich zu machen, dass er nun beiseite treten sollte. „Ich ... ich muss mal aufs Klo", stammelte dieser und verließ den Raum. „So, meine Süße. Du bist ja richtig geil. Toll. Dreh dich um und geh in den Vierfüßlerstand. Ohne sie mit den Händen zu berühren, drang er in sie ein, bewegte sich im gemäßigten Tempo, wurde schneller und kurz bevor er kam, griff er nach ihrer Klitoris und verschaffte ihr so einen Orgasmus.

Melittas Kater

Er war so süß. Wie er dalag, vollständig entspannt. Die Arme ausgebreitet, die Beine leicht gespreizt. Die wunderbaren Muskeln, gelockert, dennoch an Armen, Beinen und Bauch deutlich zu erkennen. Melitta wollte ihm guttun. Es war keine richtige Beziehung, in der sie sich befanden. Manchmal sahen sie sich, dann wieder nicht. Oft gingen sie miteinander ins Bett, wenn sie sich sahen. Vermutlich war sie zu anstrengend und vermutlich konnte es kein Mann der Welt länger als ein paar Stunden am Stück mit ihr auszuhalten.

Jetzt war Ruhe. Keiner sprach, sie hockte neben ihm, sagte: „Schließ die Augen, Liebster. Ich bin gleich wieder da." Der weiße Seidenschal musste irgendwo im Flurschrank sein. Da war er. Armin hatte sich nicht gerührt. Einen Augenblick hielt sie inne, um ihn zu betrachten. Wie war es nur geschehen, dass so etwas Schönes in ihrem Bett lag? Wow.

Nun sollte es ihm gut gehen. Langsam legte sie ihm den Schal vor die Augen und verknotete die Enden an seinem Hinterkopf. „Entspann dich, entspann dich", säuselte sie in sein Ohr, „ich werde dir guttun, es wird eine schöne Nacht werden." Dann hörte sie auf zu sprechen. Sie strich mit den Händen alle erdenklichen gedachten Linien nach, die sein Körper bot: Von der Mulde am Schlüsselbein, zum Oberschenkel, von der einen Seite des Bauches zur anderen, von der Stirn bis zu den Augenbrauen, von der Innenseite der Oberschenkel, entlang nach unten bis zum großen Zeh. Sie hätte stundenlang so weitermachen können. Hinauf- und hinunterfahren, umkreisen, auf Umwege gehen.

Armin zeigte keine Anzeichen von Unruhe. Heute schien auch er die Langsamkeit zu genießen. Sie wusste, dass er sich so besser fallen lassen konnte, als wenn sie etwas Ernsthaftes miteinander hätten. Wie unsinnig doch manchmal die menschlichen Gesetze funktionierten.

Eine Welle der Zuneigung überspülte Melita. Manchmal gab es sehr wohl Momente, in denen sie mit ihrem Schicksal haderte, wo sie ihn und die Welt verfluchte für dieses „zu wenig", was er für sie empfand. Jetzt war alles gut.

Beim fünften Umkreisen seiner Brustwarzen erinnerte sie sich an den Schokoladenpudding in ihrem Kühlschrank. „Nicht bewegen", hauchte sie und eilte in die Küche und wieder zurück mit dem kleinen Plastikbecher in der Hand. Einen Löffel hatte sie vergessen, also verteilte sie die süße Masse mit den Fingern auf seinem Körper. Melitta hatte dort begonnen, wo sie aufgehört hatte, und begann Armins Brustwarzen unter einer Puddingschicht verschwinden zu lassen. „Was ist das?", fragte er leise, etwas erschrocken, aber nicht schockiert. Als Antwort strich sie ihm etwas von der süßen Masse auf die Lippen, küsste ihn, bevor er alles abgeleckt hatte und säuberte dann seine Brustwarzen. „Ein wenig Champagner dazu und alles wäre perfekter als perfekt", dachte sie. Sie hatte keinen im Haus und holte ersatzweise die angebrochene Flasche Bailys aus der Vitrine. Die Mischung war sehr lecker. Ein Schluck Bailys, ein wenig Pudding von Armins Körper, ein wenig Bailys aus Armins Bauchnabel und etwas Pudding aus dem Becher. Wunderbar.

Melitta näherte sich Armins Pint, der sich bereits seit geraumer Zeit erwartungsvoll in die Höhe reckte. „Bailys oder Pudding", fragte sie ihn unhörbar. Ganz klar, er verlangte nach Pudding. Behutsam strich Melitta eine Portion darauf und wollte gerade dazu ansetzen, ihn rein zu lecken, da war unvermittelt

Sam, Melittas Kater da. Gierig, trotzdem in katzenhafter Ruhe, begann er statt ihrer den Pudding abzulecken. Melitta traute sich nicht irgendetwas zu tun, kaum wagte sie es zu atmen. Da sagte Armin: „Ja, das ist schön, eine schöne raue Zunge hast du." Lautlos trank sie einen kräftigen Schluck Likör und wartete. Sam zog nach getaner Arbeiter seiner Wege und Melitta setzte sich auf diesen wunderbar erregten Pint. Bevor sie von den Wellen der Wollust davongetragen wurde, dachte sie noch. „Ja, kein Wunder, dass er mich nicht wirklich mag."

Bowlingspieler

Der Job war in Ordnung, die Bezahlung schlecht. Was half es. Das Psychologie-Studium war schließlich irgendwie zu finanzieren. Samstagabend und Sonntag den ganzen Tag über schleppte Mona Bier, Cola und Kaffee durch die Bowlinghalle. Das war ihr Wochenende. Nur selten blieb etwas Zeit zwischendurch für Kognitionstheorien oder emotionale Abwehrmechanismen.

Am Samstag fielen meist verschiedenartige Gruppen über die schweren Kugeln her: Schüler, Polizisten, Sekretärinnen, Volleyballtruppen und andere. Manche kamen wöchentlich, andere einmal im Monat, einige nur einmal. Mona versuchte stets herauszufinden, mit welcher Art der Gruppierung sie es zu tun hatte, lauschte unauffällig den Gesprächen, während sie die Getränke abstellte, beobachtete Bewegungen und Kleidungsstil.

Oft genug dachte sie, sie befände sich in einem Kindergarten für Große. Wie kann man nur auf den Gedanken kommen, Kugeln über eine Holzbahn rollen zu lassen, damit am Ende ein paar Pins umkegelten? Kinderkram. Es erinnerte sie immer an das Spiel von Kleinkindern, die Türme aus Bauklötzen bauten, um sie dann wieder umzuschmeißen. Nur, dass die Aufbauarbeit hier eine Maschine übernahm.

Am Sonntag kamen meist die Sportbowlingspieler. Sie kamen fast jeden Sonntag während der Saison und waren oft eine bunt zusammengewürfelte Truppe verschiedenster Milieus, die im wirklichen Leben kaum miteinander sprechen würden.

Eine der Gruppen bestand aus vier Männern. Sie waren nett, stets freundlich und scherzten manchmal mit ihr. Bevor es losging und nachdem sie Cola und Kaffee geordert hatten, legten sie Bowlingschuhe, Handgelenkstützen, Bandagen und Finger-Tapes an. Es war nicht sehr schwer zu erkennen, wer verheiratet, wer Single war und wer Kinder hatte.

Mona hatte vor ein paar Tagen einen Artikel über Gruppensex gelesen oder genauer über Gangbang: Sex einer Frau mit mehreren Männern. Es ging ihr nicht mehr aus dem Kopf. Es hatte irgendetwas in ihr zum Klingen gebracht. Sie wollte das erleben und als einer der Bowlingspieler eine anzügliche Bemerkung machte, war ihr auch klar, mit wem sie es erleben wollte.

Natürlich wollte und konnte sie nicht sagen: „Hey Jungs, ich habe da so eine tolle sexuelle Fantasie, könntet ihr mal so nett sein, sie mit mir zu realisieren?" Nein, sie wollte es so einfädeln, dass keiner der Jungs vorher etwas von ihrem Plan wusste und dennoch unweigerlich alle auf dieses Finale zusteuerten. Es sollte am Ende nahezu natürlich wirken und so, als gäbe es nur diesen einen Weg.

Der, der eben die Bemerkung fallen gelassen hatte, würde der erste Schritt zur Verwirklichung sein. Sie schätzte ihn auf Mitte dreißig. Bei ihm hatte sie die Idee, er wäre geschieden, hatte ein Kind gezeugt, sich ordentlich mit Frau und Ehe verschätzt und nun von einer festen Beziehung erst einmal die Nase voll. Seine Sprüche zeigten, dass er etwas in seinem Leben vermisste, da aber klar war, dass mit Sprüchen keine Frau zu bekommen ist, war es eine sichere Methode, eben das zu verhindern. Er würde also am leichtesten für eine kleine, harmlose Affäre zu gewinnen sein.

Als sie noch überlegte, wie sie es anstellen sollte, sich mit ihm zu treffen, kam er wie durch unsichtbare Fügung zu ihr zum Tresen: „Hallo, hübsche Frau, darf ich noch etwas bestellen?" Beschwingt von ihrem Plan und diesem schönen Zufall, rückte sie ganz dicht an ihn heran und sagte: „Du gefällst mir. Ich würde dich heute Abend gerne besuchen kommen." Beim letzten Wort hatte sie mit ihren Lippen fast sein Ohr berührt und ihre Hand strich sanft über seinen Oberschenkel. Wie konnte sie nur so sicher sein, dass er alleine wohnte?

Natürlich war er perplex, aber er fing sich recht schnell. „Ja, das wäre schön. So gegen Acht?" Professionell zog er eine Visitenkarte hervor, legte sie auf den Tresen. „Wunderbar", hauchte sie, und löste ihre Hand von seinem Körper. Aber bitte, behalt es für dich. Ich bin verheiratet."

„Natürlich, kein Problem." War es wirklich so einfach? Als er wieder verschwunden war, schaute sie auf die Visitenkarte: Ein Banker. Das würde ihren Plan etwas erleichtern. In einem schönen, geldschweren Ambiente war es angenehmer, mit einem Fremden Sex zu haben, und er dürfte über mehr Stil verfügen als manch anderer.

Angespornt durch diesen Erfolg, wollte sie gleich noch ein Date machen. Als sich der mutmaßlich Verheiratete auf den Weg zur Toilette machte, fing Mona ihn ab, inszenierte einen kleinen

Zusammenstoß und sagte: „Du fühlst dich unglaublich gut an. Können wir das noch einmal machen?" Er lachte. „Jederzeit".

„Kommst du mich morgen Abend besuchen?"

„Ja", antwortete er. Sie zog den kleinen Block aus der Kellnerschürze, auf dem sie normalerweise Getränkewünsche notierte und schrieb ihre Adresse drauf. „So um Acht?" fragte sie. „Prima", sagte er. Ihre Bitte um Stillschweigen formulierte sie nur knapp. Ganz sicher war dies auch in seinem Interesse.

Jetzt würde es komplizierter werden. Singles waren belzeiten wählerisch und Männer mit einer Freundin hatten moralische Bedenken. Den Single hob sie sich als letzten auf. Jetzt galt es erst einmal, den anderen in trockene Tücher zu legen. Mona fühlte sich jetzt schon wie Achilles nach einer gewonnenen Schlacht, aber das musste sie jetzt ablegen und zu einer List greifen. Sie versuchte, sich an irgendwelche Gesprächsfetzen zu erinnern, die für ihr Vorhaben hilfreich sein könnten. Es fiel ihr nichts ein. Außer, dass sie beobachtet hatte, dass er sich anderen gegenüber immer als sehr hilfsbereit gezeigt hatte. Also würde sie diese Tour fahren.

Frohgemut ging sie mit einem Tablett zur Bowlingbahn, um den Tisch abzuräumen. Wie sie wusste, hatte sich inzwischen soviel Geschirr angesammelt, das es unmöglich mit dem kleinen Tablett zu bewältigen war. Sie entschuldigte sich für ihre Nachlässigkeit, begann abzuräumen und machte ein betrübtes Gesicht, schaute den für die trockenen Tücher mit leichter Verzweiflung an, aber er reagierte nicht. Deutlich hatte sie aber einen Impuls zu reagieren gesehen. „Es hat irgendjemand ein paar Jacken in der Garderobe vorne auf den Boden geschmissen. Vielleicht möchte jemand von euch nachsehen, ob es eure getroffen hat?", sagte Mona so lässig sie konnte. Jetzt fand er kein Halten mehr. „Ich geh schon", sagte der Richtige und sie folgte ihm mit dem Tablett.

„Oh", sagte sie, als sie kurz nach ihm die Garderobe betrat, „hat wohl schon wer aufgehoben ... Aber ich würde dich gerne etwas fragen. Du wirkst immer so hilfsbereit und ich bin ja noch nicht lange in der Stadt. Vielleicht könntest du mir bei etwas helfen?" Er schaute sie an. Offen und freundlich. „Ich habe noch ein Sofa im Keller. Ich schaffe es nicht alleine, dieses

Ding hoch in meine Wohnung zu tragen. Kannst du mir dabei helfen?"

„Klar", sagte er. „Geht es noch diese Woche? Wie lange arbeitest du denn?"

„Bis halb Drei."

„Prima. Würde es dir am Dienstag passen?"

„In Ordnung".

Wieder kritzelte Mona ihre Adresse auf den Block und reichte das Papier zu ihm rüber. „Ach, bitte, sag den anderen nichts davon. Es ist mir irgendwie peinlich. Die denken dann bestimmt, ich hätte keine Freunde. Aber du bist nett. Danke."

„Kein Problem."

Jetzt galt es noch, den Single für sich zu gewinnen. Er hatte drei Becher Kaffee getrunken. Ganz sicher würde er demnächst die Toilette aufsuchen. Stets den Weg zwischen Toilette und Bahn im Blick, erledigte sie fröhlich ihren Job. Sie brauchte keine zehn Minuten warten. Er war süß. Warum war der hübscheste Single?", dachte sie. Mit dem Tablett in der Hand fing sie ihn auf seinem Rückweg ab. „Du, ich frag' dich einfach. Ich würde so gerne am Mittwoch ins Kino gehen. Aber irgendwie hat niemand Zeit. Den neuen Bond muss ich unbedingt

sehen. Vielleicht hast du ihn noch nicht gesehen?"
Während sie sprach, entfernte sie einen imaginären
Fussel von ihrer Bluse, ganz dich bei ihrer linken
Brustwarze. „Hm", machte Nummer Vier. „Eigentlich
spiele ich am Mittwoch Tischtennis. Wie wäre es mit
Donnerstag?"

„Mittwoch wäre so schön. Vielleicht … vielleicht kann
es doch gehen?" Sie schaute ihm in die Augen und
ein weiterer Fussel wurde sanft entfernt. „In
Ordnung." Rasch verhandelten sie Ort, Zeit und
Stillschweigen.

Es war schon Mittag und die Jungs würden bald
aufbrechen. Als sie die Rechnung beglichen, setzte
sie ihr hübschestes Lächeln auf, scherzte ein wenig.
Jeden wünschte sie noch einen schönen Sonntag.

Mona hatte noch ein paar Stunden zu tun. Wenn alles
weiter so glattginge, würde sie am Freitag mit vier
Männern schlafen. Gleichzeitig. Wow. Sie hoffte, es
würde ihr wenigstens halb so gut gefallen wie in ihrer
Fantasie.

Auf dem Nachhauseweg hielt sie an einer Tankstelle,
kaufte eine Flasche Wein und Kondome, stieg zu
Hause unter die Dusche, aß ein paar Toasts mit
Lachs, inspizierte den Kleiderschrank, legte

zwischendurch die alte CD von Simply Red in den Player und sang fröhlich mit. Nach einer guten Stunde sah sie zufrieden in den Spiegel. Die junge Frau trug einen dunkelblauen knielangen Rock und eine cremefarbene Rüschenbluse. Eine hübsche Kette aus dunklen Kunststeinen, verziert mit leuchtenden Strasssplittern verzierte ihr Dekolletee. Die kastanienbraunen Locken hatte sie zu einem unordentlichen Knoten gebunden. Halterlose Strümpfe und hohe Sandaletten rundeten das Bild ab. Sie gönnte sich ein Taxi, um zu dem Geschieden zu gelangen, auch wenn es die Arbeit einer Stunde vom Tag zunichte machte.

Er öffnete und sagte halb erstaunt, halb erfreut: „Hallo. Du bist gekommen."

„Ja", antwortete Mona. „Ja, dann komm doch rein." Er führte sie in das Wohnzimmer eines Bungalows. Unverkennbar eine Familienwohnstätte, deren größter Teil der Bewohner ausgeflogen war. „Schön hast du es hier", sagte sie, während sie ein paar Frauenromane im Bücherregal entdeckte. Ein überstürzter Auszug? „Ja. Aber bitte setzt dich doch." Während er die Stereoanlage in Betrieb setzte, ihr etwas zu trinken anbot und eine Kerze entzündete, überlegte sie, wo sie es mit ihm treiben wollte und entschied sich für sein Bett. Alles, was sie hier unten sah, war entweder unbequem oder ungeeignet.

Als Mona nach zwei Stunden wieder im Taxi saß, war sie zufrieden. Er war zwar etwas aus der Übung, hatte sich aber immerhin um sie bemüht, nonverbale Hinweise verstanden, den Bauch eingezogen und sich zurückhalten können. „Mona, Mona, bitte bewege dich für dreißig Sekunden nicht. Ich möchte noch nicht, dass es aufhört." Das war süß. Am Ende war er froh darüber, dass sie gekommen war und froh, als sie wieder ging. Er war ein gebranntes Kind. Erleichtert registrierte sie, sich nicht in ihn verliebt zu haben. Der Gegeneinladung am Freitag hatte er gut gelaunt zugestimmt.

Für den Montagabend hatte sie sich lediglich mit einem Bademantel bekleidet. Die Haare fielen ihr locker über die Schultern. Verheiratete Geschäftsmänner haben nicht allzu viel Zeit und es ist ihnen in ihrer Freizeit in der Regel nur danach, die schlichten physischen Bedürfnisse zu befriedigen, oder wie die Irren zu joggen. Ihr war es recht. Der Geschiedene hatte den Prosecco gestern mit ins Schlafzimmer genommen und sie fühlte sich, als hätte sie ihn nahezu alleine getrunken. Sie würde den Verheirateten um eine Massage bitten und sich anschließend ficken lassen, ihm ein paar Komplimente machen und sich vor dem nächsten Tag nicht mehr aus dem Bett erheben. Ein paar Minuten vor Acht legte sie noch ein paar der von Gestern übriggebliebenen Lachsscheiben auf etwas Toast, kleckste ein wenig Majonäse darauf und stellte sie auf ihren Nachtisch auf einen Bücherstapel. Er sollte sich wohlfühlen, auch wenn sie nicht in Hochform war.

Der Dienstag war einer der anstrengenden Uni-Tage. Der Vormittag war bestückt mit Pflichtseminaren und am frühen Nachmittag hatte sie noch eines mit einem der Professoren, bei denen sie ihre Diplomprüfung ablegen wollte. Kurz vor Schluss bat sie einen Kommilitonen, ihr dabei zu helfen, das schwarze kleine Sofa in den Keller zu bringen. Fast schon verfluchte sie ihren Plan bei dem Gedanken, es eine Stunde später mit dem mit der Freundin wieder in ihre Wohnung zu wuchten. Aber jetzt wollte sie es vollenden. Es lief zu gut, als dass diese kleine Unannehmlichkeit sie hätte abbringen können.

Er kam kurz nachdem sich der Kommilitone verabschiedet hatte. Sie hätte gerne vorher noch geduscht. Jetzt, ohne sich entsprechend gekleidet und parfümiert zu haben, musste sie sich wohl auf ihre Überredungskünste verlassen. Am Vormittag hatte sie vier Strategien durchgespielt, wie sie es anstellen könnte, sich aber noch nicht entschieden. Er sollte ja nicht nur dieses Mal mit ihr schlafen, sondern noch einmal. Dann nie wieder. Er musste verstehen, dass es weder seine Moral noch seine Beziehung in Frage stellte.

Nachdem das Sofa wieder an seinem gewohnten Platz stand, bot sie ihm einen Kaffee an. Sie erzählte von ihrem Freund, der schon seit vier Monaten in Spanien war, aber in der nächsten Woche zurückkäme. Sie erzählte von dieser furchtbaren Einsamkeit, von Männern, die nur Sex wollten und ihr keine Geborgenheit schenken wollten, von den Abenden, die sie kaum aushielt, weil sie soviel Angst hatte. Aber jetzt war er ja da und das täte ihr so unglaublich gut, weil er so nett war und er ja auch eine Freundin hatte ... und ob er sie nicht einmal kurz in den Arm nehmen könnte. ... Ja, wunderbar ... bitte sei mir ganz nah ... schlaf mit mir ... wir sind uns ja nur nahe ...

Der Mittwoch war ein schöner Tag. Es schien das erste Mal seit Tagen die Sonne. Mona hatte ausgeschlafen, in der Uni war es nett gewesen. Sogar das Mensaessen war gut. Nr. 4 konnte kommen. Sie war bereit. Doch im Kino, als sie ihre Hand auf seinen Oberschenkel gelegt hatte, war von ihm keine Reaktion zu merken. Fast musste sie anfangen zu lachen. Mit dem Single sollte es nicht funktionieren? Sie musste versuchen, seine Einwände herauszufinden. „Bist du mit dem Auto da?" fragte sie, als die Vorstellung zu Ende war.

Neben ihm im Auto begann sie, etwas von sich zu erzählen. Sie achtete ganz genau auf seine Reaktionen. Irgendetwas musste eine Resonanz erzeugen, etwas musste ihm bekannt vorkommen. Aber sie fand nichts. Keinen Samen, der auf fruchtbares Land gefallen wäre. Sie probierte es mit guter Laune und der Mitleidstour, mit Körperkontakt und Koketterie. Nichts. Schließlich sagte sie: „Du, ich würde so gerne noch ein paar Stunden mit dir verbringen."

„Ich weiß", antworte der Single. „Es geht nicht. Ich kann es nicht. Du bist nett, aber du bist nicht so, wie ich mir eine Freundin vorstelle."

„Aber es geht doch nur um ein paar Stunden".

„Nein, das kann ich nicht. Und das will ich auch nicht."

Am Donnerstag sagte Mona die Dates für Freitag ab, mit mehr oder weniger fadenscheinigen Ausreden. Es sollte nicht so sein. Vielleicht ein anderes Mal.

Am nächsten Sonntag bediente sie die Truppe, als wäre nichts geschehen. Nur den Single sah sie mit einem wehmütigen Blick ab und zu an.

Dreier

Spät war es noch nicht. Es war eine dieser Ü-30 Partys, auf der Rick an diesem Samstagabend gelandet war. Plötzlich standen sie neben ihm. Eine rechts, eine links. Nicht gerade wie zufällig platziert. Eindeutig absichtlich. Die Linke begann das Gespräch, noch bevor Rick sich abschießende Gedanken machen konnte, wo die Reise hingehen könnte: „Waren es Professionelle? War er das Opfer einer Wette? Waren die Damen inzwischen so direkt? Aber warum zwei? Es konnte nur irgendein blödes …"

„Hallo, Ich bin Vicky", sagte die mit dem schulterlangen blonden Haar, der etwas zu großen Nase, aber schönen, blauen Augen. „Bist du ganz alleine hier?" Er wollte irgendetwas Geistreiches sagen, doch was gibt es schon Gescheites zu antworten auf eine so plumpe Frage. So sagte er: „Nein, mein Freund Bart ist auch da."

„So, dein Freund Bart", sagte die mit den etwas dunkleren und etwas längeren Haaren, als ob er ihr geantwortet hätte. „Ich bin Sylvie. Wo steckt denn Bart?"

„Er wird wohl gleich wieder da sein", informierte er Sylvie. Die Blonde übernahm wieder, stellte eine Frage, er antwortete und die Brünette kommentierte oder fragte nach. Sie spielten sich die Bälle zu wie ein eingespieltes Team. Es war, als unterhielte er sich nur mit einer Person.

Nach ein paar Minuten ließen sie das Niveau der Unterhaltung ansteigen, streuten Zitate von Goethe und Hesse ein, zogen ihn in eine Diskussion über die Chaostheorie, leiteten über zu den aktuellen politischen Geschehnissen. „Wünsche sind die Vorboten unserer Fähigkeiten", hatte gerade Vicky geschickt in ihr Statement eingeflochten und er parierte mit Brecht auf dieses Goethe-Zitat: „Alles wandelt sich. Neu beginnen kannst du mit dem letzten Atemzug. Aber was geschehen, ist geschehen. Und das Wasser, das du in den Wein gossest, kannst du nicht mehr herausschütten."

Rick kam sich vor wie ein folgsamer Schüler. Auch wenn die Damen stets im charmanten Plauderton sprachen, war deutlich, dass ihr Wissen überdurchschnittlich war und seine Wortmeldungen immer etwas Defizitäres an sich hatten und manches Mal ein leichtes Stirnrunzeln auslösten. Dennoch schienen sie im Großen und Ganzen zufrieden mit ihm zu sein.

Er kam geistig langsam in Schwung. Er antworte Sylvie, drehte erwartungsvoll den Kopf zu Vicky um wiederum ihren Return Sylvie gegenüber zu kommentieren.

Gerade als es anfing, Spaß zu machen, begannen sie zu schweigen, rückten etwas näher zu ihm hin und starrten in Richtung Tanzfläche. Er versuchte noch ein paar gescheite Sätze unterzubringen, doch war es, als würde er ein Stück Butter ins Wasser werfen. Keine Veränderung, keine Reaktion. Die körperliche Nähe und das erzwungene Schweigen ließen ihn seine übrigen Wahrnehmungskanäle öffnen. Er atmete ihre Düfte ein, bemühte sich darum, den von Vicky von dem von Sylvie zu unterscheiden. Einmal Vanille, einmal Lavendel, doch plötzlich wieder Patschuli. Von rechts oder links? Er wusste es nicht. Sylvie drehte sich halb um und blickte über die Menge, als suche sie jemanden. Dabei drückte sie ihren Busen an seinen Oberarm, während er Sylvies Hand an seinem Oberschenkel spürte. Ganz sicher nicht zufällig dort abgelegt.

Jetzt war ihm noch klarer als zuvor, was sie von ihm wollten. Aber mit diesem Gefühl, wie ein Lamm zur Schlachtbank geführt zu werden, konnte es nicht funktionieren. Das verbale Pingpongspiel, bei dem er sich stets unterlegen gefühlt hatte, auf eine andere Ebene zu verlagern, stellte er sich nicht sehr reizvoll vor. Er musste etwas verändern. Er musste von der Passivität zur Aktivität gelangen. „Wir könnten ein wenig rausgehen", schlug er vor. Seine Worte in die Mitte gerichtet, keine von beiden ansehend.

Sie nickten, wie ihm schien, ohne sich zuvor verständigt zu haben. Vermutlich hatte er die subtilen Zeichen übersehen.

Seine Wohnung befand sich nicht sehr weit weg von hier. Vielleicht waren es fünfzehn Minuten Fußweg. Er würde sie einladen. In sein großes Bett, auch wenn er nicht sicher war, der Situation gewachsen zu sein. „Ich habe einen wunderbaren Wein zu Hause. Vielleicht habt ihr Lust auf ihn? Ich wohne hier ganz in der Nähe." Das mit dem Wein entsprach der Wahrheit. Es war ein 1989 Chateau Beychevelle Grand Cru. Er hatte ihn ersteigert und wusste, dass die Flasche über 60 Euro wert war. Dieser Abend schien der richtige für diesen Wein zu sein.

Sylvie wartete mit einem Hesse-Zitat auf: „Wenn wir einen Menschen glücklicher und heiterer machen können, so sollten wir es in jedem Fall tun, mag er uns darum bitten oder nicht", Vicky hatte fast unmerklich genickt. Sie setzten sich in Bewegung, plaudernd über dies und das. Rick mobilisierte alles an Charme und Witz, was er aufbringen konnte und freute sich, wenn Sylvie und Vicky lachten oder zumindest lächelten oder ihn mit etwas Körperkontakt belohnten: Ein Anstupsen, ein Streichen über den Rücken, das Umfassen seines Armes. Wunderbar. Er genoss jeden Moment.

Es ging ihm ein weiteres Zitat durch den Kopf, welches er aber nicht laut aussprach, aus Angst den Bogen zu überspannen: „Das Leben ist bezaubernd, man muss es nur durch die richtige Brille sehen." Von Alexandre Dumas.

Als sie bei ihm angelangt waren, kredenzte er den wirklich sehr guten Wein. Mit der Flasche und den stilechten Gläsern von der Großmutter geleitete er die Damen in sein Schlafzimmer. Hier überließ er sich wieder ihrer Führung und beschränkte sein Handeln auf Reaktionen, von denen er glaubte, dass sie auf Zustimmung stießen, ganz wie zu Beginn des

Abends. Sein Vorrat an Aktivität schien sich erschöpft zu haben und es war gut so.

Er kam sich vor wie in einer Autowaschstraße. Hände, Brüste, Beine, Haare überall. Er musste immer wieder die Augen schließen, um all das Schöne zu ertragen. Noch niemals hatte er so viel auf einmal gefühlt, sich noch nie so lebendig gefühlt. Fast kam es ihm vor, als hätte er sein bisheriges Leben in einem Kokon verbracht. Es war überwältigend.

Dann kam er. Auf dem Rücken liegend in Vicky, den Mund zwischen Sylvies Beinen, die linke Hand ihren Oberschenkel fassend, die rechte an Vickys Brüsten.

In diesem Moment war es, als bliebe die Zeit stehen. So ähnlich musste es sich anfühlen zu sterben. Einen Moment fühlte er nichts. Dann wurde ihm klar, warum er lebte: Er gab. Er gab das Beste, was er hatte, er gab sich selber. Niemals würde er damit wieder aufhören wollen und er hörte auch jetzt nicht auf zu lieben. In Sekundenbruchteilen wurde ihm klar, wie sein Leben sich verändern würde. Es war, als schwämme er auf einer Welle der Erkenntnis, die ihn bis zum Rand mit neuer frischer Energie erfüllte. Wie niemals zuvor nahm er die Frauen wahr, erspürte, was sie wünschten und erfüllte ihre Wünsche alle mit spielerischer Leichtigkeit. Erst nach einer guten weiteren Stunde waren sie satt, rollten sich zur Seite und entspannten sich.

Mit einem letzten Blick betrachtete er sie, bevor er in den Schlaf fiel. Er wusste, wenn er aufwachte, wären sie verschwunden und er würde sie nie wiedersehen. Ein weiteres Zitat fuhr ihm durch den Kopf. „Mut steht am Anfang des Handelns, Glück am Ende." Von Demokrit.

Verheiratete

Nach 25 Jahren Ehe, Treue und Monogamie wollte Fred keine weiteren 25 Jahre so verbringen, wie die letzten fünf. Mit der Frau, die er damals geheiratet hatte und mit der er schon seit langem nicht mehr schlief.

Ellen war wie ein alter Gegenstand geworden, wie der bequeme Sessel oder die alte Platte von Jimmy Hendrix. Sie war da und irgendwie war es schön, aber sie löste schon seit Jahren keine emotionalen Wellen mehr aus. Zu Leben fühlte sich doch wohl anders an.

Die erste Liaison mit einer anderen Frau hielt er geheim. Er hatte Angst vor Konflikten und wollte dieses Neue, was da entstand, schützen und reinhalten, diese beiden Beziehungen trennen, beide für sich sehen.

Bei der zweiten Affäre suchte er sein eigenes Empfinden und sein Verhalten nach Fehlern ab. Irgendetwas in ihm sagte, dass es falsch war, was er da machte, doch bis auf die Lüge konnte er nichts Falsches entdecken. Er liebte und lebte und tat niemandem weh. Er wollte auch niemandem wehtun, deshalb entschloss er sich zur Wahrheit.

Zunächst erschrak Ellen, wirkte so, als hätte er sie angeschossen. Verletzt und wütend. Dann nach vielen Erklärungen fand er zumindest etwas Verständnis. „Bitte", sagte er, „lass mich leben. Und mach du, was du für richtig hältst. Schmeiß mich raus, lebe so weiter oder lebe so wie ich. Es ist deine Entscheidung. Ich möchte von meiner Seite aus hier wohnen bleiben und gleichzeitig eine Freundin haben."

Ellen liebte zu sehr, um ihn gehen zu lassen, und zu wenig, um ihn gehen zu lassen. Nichts gab es, was sie tun konnte, was richtig erschien, und es war maßlos ungerecht, dass er so klar und sie so verwirrt war.

Nach ein paar Wochen im Leiden begegnete sie Tom, zufällig und allein, einem Arbeitskollegen des Mannes, den sie liebte und mit dem sie seit Jahren zusammenlebte, ein Kind von ihm hatte, was kein Kind mehr war. Tom war da, hörte zu, machte Komplimente und vor allen Dingen war er der Arbeitskollege ihres Mannes. Fred musste also von dieser Liaison, auf die sie rasch zusteuerte, erfahren.

Sie wollte ihm die Schmerzen zurückgeben. Er sollte spüren, was er ihr antat, er sollte bluten für seine Lust am Leben, diesen Fehltritt, dafür, dass er anders war als sie. Und dazu musste sie werden wie er.

Wenn sie bei Tom war, verlor das Leben sein Tempo und seine Verbissenheit. Manchmal kochte er für sie. Sie aßen gemeinsam, redeten, plauderten und er wurde nie müde ihr zuzuhören, ihr etwas zu erzählen, wenn sie fragte, sich ihr ganz zuzuwenden und jeden Augenblick zu genießen.

Der Sex folgte nach dem gleichen Muster, nur dass er jetzt ihrem Körper zuhörte. Er reagierte auf jede unausgesprochene Bitte und Frage.

Hier, bei ihm, bekam sie ein ganz anderes Empfinden über sich. Sie entdeckte Anteile ihrer Persönlichkeit wieder und wieder neu, von denen sie geglaubt hatte, sie würden gar nicht mehr existieren. Sie war nicht genervt, nicht verkrampft, musste nicht besitzen, weder kämpfen noch verletzen. Aber sie liebte auch nicht. Tom war eine Insel und sie glaubte auch Insel für ihn zu sein, in seinem Leben, in seinem täglichen Kampf.

Spät in der Nacht brachte er sie nach Hause, küsste sie sacht, wünschte süße Träume. Der Zauber fiel von ihr ab, als ließe sie ihn wie einen Mantel im Auto zurück. Sie war wieder die Ellen von heute Morgen, von gestern von vorgestern, verzweifelt, ängstlich, stur. In der Küche fand sie die dreckige Kaffeetasse ihres Mannes, der nicht da war, räumte sie automatisch in die Spülmaschine, ging schlafen.

Am nächsten Morgen, es war Samstag, war Fred wieder da. Genauso müde wie sie hockte er am Küchentisch. Sie sah ihm den guten Sex an, den er erlebt hatte, und plötzlich wurde Tom zum Trostpreis. Freds Augen besaßen diesen eigentümlichen Glanz, ihre wirkten einfach nur müde. „Na, schöne Nacht gehabt?", fuhr sie ihn an. Er stand auf und ging. Was hätte er auch sonst tun sollen. Hundertmal die gleichen Fragen, die gleichen Vorwürfe, die gleichen Antworten und immer hatte er das Gefühl, dass es so nicht weitergehen konnte. Es zerreißt sie, es belastet ihn.

Als er ein paar Stunden später wieder in die Küche kam, hoffte er, sie nicht zu treffen. Aber sie war da. Aber jetzt schien sie wie verwandelt: „Entschuldige. Ich ... ich kann es nur manchmal nicht ertragen." Sie umarmte ihn zärtlich, gab ihm Kaffee, ließ ihn ziehen.

Am Nachmittag schauten sie der großen Tochter beim Hockeyspiel zu. Es war schön. Voller Stolz sahen sie Anja über das Spielfeld fegen. Sie jubelten wie die Kinder, wenn ihr ein guter Schlag gelang, fielen sich in die Arme, als ihre Mannschaft gesiegt hatte. „So sollte es immer sein", dachte Ellen, aber unerbittlich rückte der Abend näher und die Nacht, also seine Abwesenheit. Ganz fest beschloss sie, jede Sekunde, die gut war, mit ihm zu genießen. Sie wollte ihn dann gehen lassen und ihn nicht vertreiben. Er wird schon erkennen, dass er zu ihr gehört.

Kaum waren sie wieder zu Hause, die Tochter aus dem Sichtfeld, brach das Leid wieder durch. Die Bilder kamen von ihm und dieser Frau, wie sie sich jung und hübsch unter ihm räkelte. „Gehst du noch weg?" fragte Ellen mit banger Stimme, als er auf das Badezimmer zusteuerte, als ob es ihr nicht klar gewesen wäre. „Das weißt du doch."

„Ich treffe mich nachher mit Tom", sagte sie eine Spur zu laut und unüberhörbar mit einer scharfen Warnung verbunden. Nur einen Moment hielt er inne. Nur einen Augenblickt spürte sie, wie ihn die gleiche Angst packte, die ihr längst permanenter Begleiter geworden war. Dann wurden seine Bewegungen wieder rund und sie wusste, was er dachte: „Es muss nicht ausgerechnet Tom sein, aber ich muss es ihr zugestehen."

Er war noch nicht aus der Tür, als Ellen nach dem Telefon griff, ein Lächeln aufsetzte, um Toms Nummer zu wählen. Fred beeilte sich fortzukommen. In zwanzig Minuten würde er in die andere Welt eintauchen und all dies vergessen können. Er wusste immer weniger, ob sein Weg der richtige war. Er litt, weil Ellen litt und er litt, weil Constanze litt. Eigentlich brauchte niemand zu leiden. Es könnte ihm gelingen, beide zu lieben. Warum dieser Egoismus? Dieses Besitzstreben? Sollte nicht Liebe verbinden, verzeihen, größer machen? Wurde er überhaupt geliebt? Über dieses armselige egoistische Denken hinaus? Würde es Ellen durch Tom begreifen können? Konnte Tom etwas gelingen, was ihm nicht möglich war, so wie Constanze ihm gezeigt hatte, dass es keine Grenzen geben muss?

Ellen eilte zu Tom. Zu eng wurde das Haus, zu eng die Gedanken, sie musste raus. Tom war da. Er lud sie ein, zeigte Verständnis, sprach, hörte zu, küsste sie und fast war es so, als würde die Welt wieder in

Ordnung kommen. So, als würde es ein Happyend geben.

Noch drei Monate brauchten die Eheleute, dann wurde die Trennung angekündigt und vollzogen. Fred begann einfach damit, mit Constanze ein neues Leben zu beginnen, obgleich es dem alten schon bald ähnlich wurde. Er bemühte sich, viel und gut zu arbeiten, Sport zu treiben und möglichst wenig über die Vergangenheit nachzudenken.
Bei Ellen dauerte es etwas länger. Nach einer Weile löste sie sich von Tom, lebte alleine, erduldete das Alleinsein. Als die Schmerzen zu groß wurden, begab sie sich in therapeutische Behandlung. Sie lernte zu vergessen, sie lernte zu verzeihen, sie lernte ohne Mann zu sein, sie lernte heil zu werden und nach einer Weile verliebte auch sie sich.

Beziehungserleuchtete

Lucie hatte nicht mehr daran geglaubt, dass das Leben noch mal so schön werden konnte. Beinahe schon hatte sie mit ihren achtunddreißig Jahren abgeschlossen mit dem Thema Partnerschaft. Zu häufig war sie an der eigenen, seltener der fremden Unfähigkeit gescheitert. Es war so etwas wie eine Altersgelassenheit eingetreten, deren Bestandteil es war einzukalkulieren, dass sie den Rest ihres Lebens mit Damenfitness, Volkshochschulsprachkursen und Singlereisen verbringen würde. Dieses Szenario erschien ihr nicht mehr als worst case, eher als eine nahezu annehmbare Alternative. Ein verletzungsfreier Lebensabend hatte seinen Reiz. Natürlich kam es anders. Warum war es nur immer so, dass sich genau das im Leben einstellte, womit man meinte, fertig zu sein?

Jetzt lag sie, nur mit einem knappen Bikinihöschen bekleidet, ausgestreckt auf einem der beiden Liegestühle, auf einem Bordbalkon, irgendwo zwischen San Sebastian und Nouakchott. Neben ihr der wunderbarste Mann, der ihr jemals begegnet war. Beide hatten sie festgestellt, dass sie in den letzten zehn Jahren zu viel Geld gehortet hatten und sich zu wenig um das Ausgeben und den damit verbundenen Genuss gekümmert hatten. So waren sie auf das Kreuzfahrtschiff gelangt.

Daniel hatte das letzte Jahr in einem kleinen Kloster in Kroatien verbracht. Als damals noch rastloser Therapeut, wollte er seinen Urlaub dort verbringen und blieb ein Jahr. Das hatte ihm eine freudvolle Gelassenheit geschenkt, von der Lucie sofort angetan war. Oft war es so, als könne er andere Menschen mit dieser Gelassenheit infizieren. Menschen in seiner Nähe wurden ruhiger, versöhnlicher, fröhlicher und dankbarer. Ihr Fokus verschob sich vom egoistischen, kleinkarierten Denken zu einem fast schwebenden, übermenschlichen Zustand.

Lucie war dauerinfiziert. Sie hatte ihn genau beobachtet und ihm solange Fragen gestellt, bis sie genau wusste, wie er es machte, bis sie ihm gleichsein konnte. Ihr Strahlen war noch nicht so stark wir seins, doch bemerkte sie, wie sich die Menschen in ihrer Gegenwart zunehmend entspannten und begannen, grundlos zu lächeln.

Wenn sie beide sich zusammen, verkleidet im Cocktailkleid und Smoking, zum Dinner einfanden, bemühten sie sich stets um Zurückhaltung, was oft nicht gelang. Jeder wollte an ihrem Tisch sitzen. So, als ob sie lediglich durch die Nähe der beiden heil werden konnten. Manchmal nahmen sie an unterschiedlichen Tischen Platz, um mehr Mitreisenden eine Freude machen zu können. Lucie hatte Dan genau beobachtet und festgestellt, dass er bei diesen Abendessen eigentlich kaum etwas tat. Er redete wenig. Meist hörte er zu, schenkte den Menschen seine ungeteilte Aufmerksamkeit, berührte sie manchmal sacht am Arm und schon war es, als würden sie beginnen, ihre besten Persönlichkeitsanteile entdecken zu können, als könnten sie damit anfangen, sich selbst zu mögen, sich selber zu verzeihen und damit auch ihren Mitmenschen. Sogar das Personal blieb immer ein wenig länger als notwendig in ihrer Nähe stehen.

An diesem Abend hatte Lucie an der Fensterfront des Restaurants Platz genommen und Dan auf der gegenüberliegenden Seite. Einige ihrer acht Tischnachbarn kannte sie bereits, mit anderen hatte sie bisher noch nicht gesprochen. Kaum dass sie saß, war ihr, als würde sich ein eigenartiger Zauber um den Tisch herum verbreiten. Sie fühlte sich hellwach und klar, gleichzeitig auch voller Harmonie, Frieden und Mitgefühl. Sie war eins mit den anderen Menschen. Sie war ein Teil von ihnen und sie waren ein Teil von ihr. Es gab keine Grenzen und Gegensätze. Ein Mann erzählte von seiner Firma, bekannte schmutzige Geschäfte und konnte sich offen und ehrlich dazu bekennen, seine Situation analysieren und fand schließlich eine Möglichkeit, auf welche Weise er den Rest seines Lebens verbringen wollte. Lucie hatte nur zugehört, ab und zu eine Frage gestellt, was sie nur für ihn tat, denn sie kannte seine Antworten bereits. Sie dachte sich, wenn er bestimmte Dinge laut aussprüche und sich selbst hörte, könnte ihm das möglicherweise dabei helfen, seine Gedanken zu ordnen.

Nie strengten sie diese Art von Gesprächen an. Im Gegenteil: Sie schien dadurch Energie zu erhalten. Manchmal spürte sie Dans Blick und manchmal sandte sie ihm einen, ohne ihn jedoch tatsächlich anzuschauen.

Später hatte Sheryl Brown, eine amerikanische Sängerin, ihren Auftritt. Mal wurde sie von ihrer fünfköpfigen Band begleitet, dann wieder von nur zwei oder auch einem einzigen Musiker. Sie war hübsch und talentiert und Lucie fragte sich, warum sie ihr Können auf einem Luxusliner zum Besten gab, wo sie auch bequem einige Konzerthallen der Welt hätte füllen können. Heute wurde sie lediglich vom Pianisten begleitet und Lucie freute sich darauf, sich auf höchst angenehme Art und Weise unterhalten zu lassen.

Sheryl reiste mit einem jugendlich aussehenden Mann, der offenbar ihr Manager war. Jetzt saß er neben Dan und lauschte der Sängerin. Seine Augen hatte er nahezu geschlossen, seine Züge waren weich geworden.

Während einer der rührseligen Songs „Give me all you have to given this night", schaute Sheryl immer wieder zu Dan. Dan schaute zurück. Augenblicklich wurde Lucie klar, warum der Manager neben Dan saß: Er sollte für Sheryl den Platz freihalten. „Noch so eine arme verirrte Seele", dachte sie.

Nach dem Konzert, für das Sheryl viel Beifall bekam, zog sich Lucie zurück. Es war ein wundervoller Abschluss des Abends gewesen und ihr war nach nichts weiter, als auf dem Balkon ihrer Suite noch ein

Glas Rotwein zu trinken und dann schlafen zu gehen. „So ein schönes Leben", dachte sie, nachdem sie Dan Bescheid gesagt hatte.

Sie hatte gut und tief geschlafen und erst am nächsten Morgen hatte sie bemerkt, dass Dan nicht an ihrer Seite war. Sicher hatte er die Nacht bei Sheryl verbracht. Dies stellte sie einfach so fest, so als wenn man registriert: „Aha, heute scheint die Sonne." Sie dachte ohne Groll an Dan und ohne Groll an Sheryl. Selbst wenn Dan sie verließe, war es eine köstliche Zeit gewesen mit ihm, für die sie ewig dankbar sein würde. Sie liebte ihn genug und mehr als sich selber, um ihn gehen lassen zu können, wenn es für ihn die richtige Lösung wäre. Jedes andere Gefühl, jeder andere Gedanke wäre ihr wie ein Verrat vorgekommen, sowohl an sich selber, als auch an Dan. Ihre Liebe sollte rein bleiben, selbst wenn sie sich nicht wiedersehen sollten. Sie wusste, dass Sheryl Dan im Moment viel mehr brauchte, als sie selber. Wenn man selbst so wenig Leid verspürte, war es dann nicht eine Pflicht, anderen Menschen bei der Bewältigung ihres Leidens zu helfen? So manches Mal hatte sie sich gefragt, was Gott oder eine ähnliche Macht wohl dazu bewogen hatte, den

Menschen soviel Unglück, soviel Leiden, soviel Hass spüren zu lassen. Und warum gab es solche Menschen wie Dan und sie, die es vermochten, auf geheimnisvolle Weise etwas von diesem Leid zu vermindern?

Gedankenverloren suchte sie ein paar Kleidungsstücke zusammen und ging ins Restaurant, um das Frühstück einzunehmen. Lucie verbrachte einen schönen Vormittag. Dan sah sie erst zum Lunch. Wie ein Knäuel waren er und Sheryl ineinander verschlungen, nahmen kaum etwas von der Restwelt wahr. Einen sehr kurzen Moment hatte er sie angeschaut, voller Liebe und Respekt, so wie er auch alle anderen Menschen anschaute. Auch Lucie empfand nichts anderes als Liebe und Respekt. Alles war gut. Jeder Weg war der Richtige.

Während sie zum Sonnendeck schritt, ging ihr ein Bibelvers durch den Kopf: „Die Liebe ist langmütig, die Liebe ist gütig. Sie ereifert sich nicht, sie prahlt nicht, sie bläht sich nicht auf. Sie handelt nicht ungehörig, sucht nicht ihren Vorteil, lässt sich nicht zum Zorn reizen, trägt das Böse nicht nach. Sie freut sich nicht über das Unrecht, sondern freut sich an der

Wahrheit. Sie erträgt alles, glaubt alles, hofft alles, hält allem stand. Die Liebe hört niemals auf."

Polyamorie

Als Lisa ihn das erste Mal traf, war ihr Leben wunderbar geordnet, schön und ganz genau so, wie sie es haben wollte. Es war nicht ihre Absicht, einen anderen Mann näher kennenzulernen, auch nicht, sich zu verlieben, schon gar nicht, ein Verhältnis anzufangen. Aber Lisa hatte auch nichts dagegen getan. Nichts, um es zu verhindern. Was fehlte ihr in ihrem Leben mit Melvin? Nichts. Es fehlte nichts. Es war gut und dennoch begann sie zusätzlich einen anderen zu lieben.

Oft hat sie darüber nachgedacht, ohne zu zufriedenstellenden Ergebnissen zu kommen. Später hatte sie zumindest die Spur einer Erklärung entdeckt: Sie war polyamorös. Das meint die Neigung zwei oder mehrere Menschen gleichzeitig zu lieben. Lisa mochte keine Etiketten. Deshalb sagte sie sich, dass sie es eben im Moment sei. Früher war sie es meistens nicht, eher selten schon. Für die Zukunft wollte sie sich nicht festlegen. Polyamorie ist keine Krankheit. Probleme bereiten manchmal die mehr oder weniger verständnisvollen Partner und die Folgen der Mehrfachliebe, wie der Zwang zur teilweisen oder vollständigen Geheimhaltung und der Bruch mit den Normen der Gesellschaft, die nur einen Partner zulässt oder eine Unterscheidung zwischen Hauptpartner und Geliebten aufzwingt. Nur selten werden alternative Ansichten geäußert. „Treue", meint der Berliner Psychologe Armin Krüger, „ist eine moralische Kategorie. Sie ist nicht natürlich, sondern eine Erfindung der Zivilisation, um die kleinste ökonomische Zelle, die Familie zu stabilisieren."

Als Lisa John kennenlernte, war sie mit Melvin knapp zwei Jahre zusammen. Die Beziehung war in dieser komfortablen Phase, in der man sich aufeinander eingespielt hatte, sich aber noch nicht miteinander langweilt. Beide hatten sich für getrennte Wohnungen entschieden, weil sie ein ständiges Aufeinanderhocken nicht ertrugen, obgleich es auch mal einen Anlauf gab zusammenzuziehen, in ein großes Haus mit viel Platz.

Manchmal ist er in ihrer Wohnung, wenn sie nachts von irgendwoher nach Hause kommt. Das Licht brennt dann noch im Schlafzimmer, auch wenn er längst eingeschlafen ist. Vermutlich hat er es angelassen, damit sie den Weg ins Bett findet. Als sie endlich nach dem obligatorischen Zähneputzen und Abschminken neben ihm liegt, ist sie noch immer aufgedreht von den Erlebnissen des Abends, aber auch sehr müde. Er wird wach und sagt: „Es ist toll nachts in ein Haus zu gehen, sich ins Bett zu legen und dann kommt irgendwann die süßeste Frau aus der Stadt und legt sich zu mir." Darüber freut sich Lisa. Mit der linken Hand fährt sie über seinen Körper und versucht, möglichst alle Körperteile dabei zu erwischen, ohne sich viel zu bewegen. Sie mag seinen Körper. Das Streicheln geschieht solange, bis sie das Bedürfnis überfällt, seinen Bauchnabel zu küssen, die eine Hand hält sich dabei fest an seinem Geschlecht. Als ob sie Halt bräuchte. Sie zieht ihm seine Unterhose aus, er ihr ihre. Es folgt die Vereinigung, die mehr aus Lust an der Nähe entsteht, denn aus Lust zur Lust. Lisa genießt es.

Am nächsten Morgen wachen Lisa und Melvin müde und zufrieden auf. Sie erledigen Tagesgeschäfte. Jeder für sich. Lisa bringt ihre Tochter zum Tennistraining und holt sie wieder ab. Sie ist wieder da, er ist wieder da. Melvin kocht das Mittagessen. Wie jeden Tag macht Lisa anschließend eine Mittagspause. Eigentlich möchte sie nur ein wenig ausruhen. Die Müdigkeit ist übermächtig. Dennoch reizt seine körperliche Nähe. Sie bläst ihm ihren warmen Atem ins Ohr. Er ist genauso müde wie sie. Erst nach Minuten fasst er Lisa an. Ganz langsam. Wie im Slowtime-Rhythmus. Sie mag es so. Ihr Atem wird schneller. Sie bekommt so etwas wie ein Lustgefühl. Es ist angenehm. Zu viel mehr als zu sehr langsam ausgeführten erotischen Streicheleien kommen sie nicht. Die Zeit ist um. „So ein schöner Alltag", denke Lisa.

Melvin und Lisa sehen sich zweimal in der Woche. Manchmal einmal, selten dreimal. Öfter wollen sie sich nicht sehen, weil es noch so viel anderes Wichtiges zu tun gibt. Spätestens nach sechsunddreißig Stunden ununterbrochenen Zusammenseins kommen sie in eine kritische Phase und müssen voneinander lassen.

Die meisten Tage im Jahr mag Lisa ihn. Sie liebt seine Bartstoppeln und er ist zuverlässig, intelligent und passt in ihr Leben, mit Kind und Hund, was mit allerlei Beziehungseinschränkungen einhergeht. Er lässt sie ihrer Wege ziehen, wenn sie es will und akzeptiert, dass sie manchmal ein paar Abende hintereinander am Schreibtisch sitzen möchte, um zu arbeiten. Es ist perfekt.

Wie könnte sie all das für ein wenig mehr Lebendigkeit und Leidenschaft aufgeben?

Zunächst traf sie John zufällig. Lisa flirtet gerne. Und meist lässt sie die Jungs irgendwann irgendwo stehen, um Schwierigkeiten zu verhindern. John ließ sie auch stehen, aber sie begegnete ihm immer wieder. Dann kam der erste Kuss, der beflügelte, noch Tage nachdem er stattfand.

Die erste Lösung, die ihr einfiel, war es, John als besonderes Geschenk zu nehmen, etwas was nur ganz selten, ab und zu realisiert werden sollte. Sie stellte sich vor, mit ihm vielleicht alle zwei Monate ein Wochenende zu verbringen. Nicht mehr und nicht weniger. Dort irgendwo, vielleicht am Meer, einfach nur zusammen sein: Angenehm, entspannend, dennoch hochwertig, mit oder ohne Sex. Lisa war ja nicht am schnellen Sex interessiert.

Sie begann ihn zu mögen, deswegen schloss sie diese Option mit ein. Es war ihr ein Horror, hier in der Stadt eine Affäre neben der Beziehung zu beginnen, mit ständigen Lügen und häufigem Bettwäschewechsel, mit Chaos und schlechtem

Gewissen. Sie wollte doch ihre kleine, heile, mühevoll aufgebaute Welt erhalten.

Das funktionierte nicht. Sie war es, die um ein Treffen bat, außerhalb der gewohnten Begegnungen. Sie fragte ihn, ob sie in einem Bistro Wein trinken gehen könnten. Sie schrieb E-Mails, die lockten. Sie begann den Eroberungsfeldzug, ohne es wirklich zu wollen. Zu schön seine Augen, zu weich seine Stimme, zu nett seine Komplimente zu wunderbar, seine Küsse um davon lassen zu können.

Als Lisa hörte, dass John verheiratet ist, war sie beruhigt. Das bedeutete, auch er strebte etwas an, was keine richtige Beziehung ist. Sie erzählte von Melvin und war froh zumindest auf einer Seite mit der Wahrheit konfrontieren zu können. John sagte nicht viel dazu. Er akzeptierte und sie tat das Gleiche.

Die Anzahl der Begegnungen wuchs langsam aber stetig. Trotzdem sah Lisa John nicht öfter als Melvin. Eher seltener. Zunächst draußen in der Stadt, dann bei ihr zu Hause. Sie spürte immer mehr Zuneigung und Verlangen. Der erste Sex war eine logische Folge. Beide schwammen in einem endlosen Meer von Zärtlichkeit und Lust. Ihre Hände konnten nicht genug bekommen von seinem Körper, sein Mund bedeckte ihren mit Küssen und zwischendurch, sobald sie wieder zu Atem gekommen waren, flossen liebevolle Komplimente, Wohlfühlbekundungen, vermischt mit leichtem Lachen aus ihren Mündern heraus, bis die Lust wieder begann. Kein moralischer Aufschrei durchfuhr sie. Vielleicht deswegen, weil sie bereits in Gedanken Melvin hintergangen hatte.

An den Tagen, nachdem Lisa und John sich gesehen hatten, begann sie, durch den Tag zu schweben. Es dauerte immer länger, bis sie ihn wieder vergessen konnte und sich der normale Lebensrhythmus mit dem normalen zufriedenen Lebensgefühl wieder einstellte. - Aber es hatte keinen Einfluss auf die Beziehung zu Melvin. Schon zu diesem Zeitpunkt kam sie in keinerlei Konflikte mit sich selber. Lisa mochte beide. Sorgen machte sie sich um die Konsequenzen, um die Entdeckung, um das Aufgebenmüssen einer der beiden Männer, um Komplikationen, die sich ergeben könnten.

Inzwischen lebt Lisa mit diesem Arrangement ein gutes Jahr. Melvin weiß immer noch nichts. Er könnte und würde es nicht akzeptieren. So schweigt sie gezwungenermaßen, weil sie beide Beziehungen erhalten will. Sie denkt, dass sie Melvin nichts wegnimmt. Liebe ist immer komplett. Aber das würde er nicht verstehen.

Sie sagt, dass es kein Supererlebnis ist, mit zwei Männern eine Beziehung zu haben. Es gibt kaum einen Menschen, mit dem sie darüber sprechen kann, ohne gleich als Seelenmonster verurteilt zu werden. Es ist auch nicht so, dass es hilft, wenn es mit einem Probleme gibt, dass dann noch der andere da ist. Die Probleme bleiben ja bestehen und müssen in dieser Beziehung diskutiert und gelöst werden. Es hilft auch nicht, den einen zu sehen, wenn sie den anderen vermisst. Lisa hat zwei getrennt voneinander existierende Beziehungen. Bei anderen geschieht das hintereinander, bei ihr zurzeit parallel.

Fast immer ist es auch schön. Es ist spannend, die verschiedenen Phasen zu erleben. Mit John ist sie noch in der Anfangsphase. Es ist aufregend, sie sind neugierig aufeinander, stellen sich gegenseitig hundert Fragen an einem Abend, erfinden Kosenamen, sind elektrisiert von der Berührung des anderen, weil da noch etwas Neues, Unverbrauchtes darin ist. Es ist immer noch vieles ein Risiko: Die neue Frisur, das neue Kleid, das Essen, was sie für ihn kocht. Immer ist diese bange Frage dabei: „Wird es ihm gefallen? Werde ich ihm dann noch gefallen?" Aber es macht auch Spaß, diese Unsicherheit mit dem Kribbeln im ganzen Körper. Trotz des Jahres ist noch so viel Unbekanntes da. Vermutlich weil sich Lisa und John so selten sehen.

Mit Melvin ist dieses schöne Maß an Vertrautheit da. Nicht jede Laune und jedes Wort erklären zu müssen, wissen wo Berührungen Freude hervorrufen, welche Worte die richtigen sind, zum Spanier essen zu gehen, wo man schon so oft war und es dennoch immer wieder nett ist, auch mal den anderen im Jogginganzug gegenübertreten, sogar vor ihm zu urinieren, wenn er sich die Zähne putzt, weil es schon spät ist und die gemeinsame Badbenutzung Zeit spart.

Nur in wenigen Momenten hat sie das Gefühl, dass es sie innerlich zerreist mit ihren beiden Beziehungen. Überwiegend akzeptiert Lisa ihr Leben und versucht nichts zu verändern, nichts zu erzwingen. Sie tritt den gesellschaftlichen Normen entgegen und bemüht sich darum, sich nicht einreden zu lassen, sie wäre unnormal.

Es ist nicht gerade so, dass Lisa dieses Modell zur Nachahmung empfiehlt. Was sie aber empfehlen kann, ist es, die eigenen Neigungen ein wenig auszuleben und nicht gleich Sodom und Gomorra zu befürchten, wenn man Träume oder allgemein nicht so erwünschte Tendenzen realisiert.

Wie Mann zu einem Tiger wird

Lieber Rick,

ich habe eine grandiose Idee und einen schlauen Plan. Ich schreibe dir, damit du nicht sofort ablehnst, sondern erst einmal darüber nachdenkst.

Deine Unsicherheit, die du Frauen gegenüber an den Tag legst, ist lästig. Nur nichts Falsches tun, nur nichts Falsches sagen, bange Seitenblicke, zu wenig Initiative. Das ist alles ganz falsch, denn Frauen wollen einen Mann, einen Tiger, etwas Großartiges.

Du bist so wenig Tiger wie ein Meerschweinchen. Viele Frauen bemühen sich zwar später darum, den Großartigen in einen angepassten Ja-Sager zu verwandeln, aber zunächst muss es eben ein Tiger sein. Das ist blöd, aber so ist es nun einmal.

Tiger sein kann man so problemlos lernen wie Fahrradfahren. Es ist nur eine Frage der inneren Überzeugung und der Einstellung. Das Talent dazu steckt in jedem Mann.

Für dich geht es jetzt also darum zu üben um im richtigen und wichtigen Moment brillant den neu erworbenen Fächer der Männlichkeit ausbreiten zu können.

Die erste und letzte Übung besteht darin, mit Hilfe einer Frau, in die du nicht verliebt bist, deine Selbstwirksamkeitsüberzeugungen bezüglich Frauen zu verändern. Es geht nicht um das Ermöglichen einer Beziehung, zumindest zunächst nicht und schon gar nicht mit dieser Frau, sondern um das Verändern von Einstellungen nach Plan.

Du hast gesagt, du lernst schon immer mal wieder eine Frau kennen, wo zwar gegenseitige Sympathie vorhanden ist, aber kein Wille zur Paarung, kein Funke, lediglich mehr oder weniger tiefsinnige Gespräche. Eine dieser Damen wird dir helfen. Es ist wichtig, hier keine eingeschliffenen Rollen zu haben. Du darfst sie also nur flüchtig kennen. Nun der Plan:

Du beginnst, ihr den Hof zu machen, und gleichzeitig sagst du ihr, dass du ihre Entscheidung, keine Beziehung mit dir haben zu wollen, voll und ganz akzeptierst. Sie hatte ja gesagt, ihr könntet Freunde bleiben. Dieses Angebot möchtest du gerne annehmen. Deshalb lädst du sie zum Essen ein. Selbstverständlich holst du sie in einem schicken Wagen ab. Zur Not musst du eben einen mieten. Und dann geht es in ein vorher von dir ausgespähtes Restaurant im oberen mittleren Preissegment. Ja, nach wie vor sind Frauen immer noch mit Geld zu beeindrucken. Nicht nur, aber es spielt eine Rolle. Diese dumme Schwäche kann man durchaus für sich spielen lassen, ohne tatsächlich über nennenswerte Summen zu verfügen. Hemd und Jackett sollten dich unbedingt kleiden. Falls du so etwas nicht im Schrank hängen hast, gilt es hier auch, ein wenig Geld zu investieren. In guter Kleidung fühlt man sich auch wohl, selbst wenn man normalerweise nicht so herumläuft. Und es hebt das Selbstbewusstsein.

Es folgt das volle Programm. Jetzt entdeckst und zeigst du dein Tiger-Talent: Das Wichtigste ist ein möglichst selbstbewusstes Auftreten. Ausführlich stellst du dar, was für eine gute Partie du bist, ohne es direkt anzusprechen. Auch kleine Lügereien, die Eindruck machen, sind erlaubt: „Ich bin befördert worden, ich kaufe mir demnächst ein Haus, lieber in der Stadt oder auf dem Land, was meinst du? Ich muss unbedingt ein neues Auto haben. Ja, ein Porsche wäre toll, aber wirkt das nicht zu protzig?" und so weiter.

Ein paar dezente Komplimente sind angebracht, aber an diesem Abend nicht mehr als zwei. Tappe nicht in die Falle, zum besten Quatschfreund zu verkommen.

Kein Tiger hört sich die Wehwehchen oder die Enttäuschungen vom letzten Ex-Freund an. Es gilt, interessant und amüsant an der Oberfläche zu bleiben. Die Hauptredezeit liegt bei dir. Vielleicht fünfundsechzig Prozent. Gut kommen lustige Anekdoten aus Urlauben. Sie sollte schon einmal in der halben Stunde lachen. Und ein wenig öfter lächeln. Dann bist du auf dem richtigen Weg. Themen, die schlechte Stimmung verbreiten könnten, sind auf jeden Fall zu vermeiden. Du bist der Tiger. Du bestimmst. Auch die fünfunddreißig Prozent ihrer Redezeit werden von dir thematisch eingegrenzt. Sie kann von ihren Erfolgen erzählen, ihren Stärken. Das gibt ihr ein Wohlgefühl und du kannst etwas schmeicheln. Das Gespräch wird ihr so angenehm in Erinnerung bleiben.

Du bestimmst auch, wann das Essen beendet ist, zahlst galant, bringst sie nach Hause, sagst: „Das war ein schöner Abend." Und sonst nichts.

Exakt nach zwei Tagen rufst du an, um dich noch einmal für den wirklich sehr schönen Abend zu bedanken. Ja, du hättest zurzeit viel zu tun, aber sobald ein wenig Luft ist, meldest du dich bei ihr. Nach weiteren zwei Tagen sendest du ihr Blumen.

Nicht opulent, aber teuer, mit lediglich einem freundschaftlichen Kommentar.

Es folgt der nächste Angriff: Ein Anruf, verbunden mit der Einladung zu einer außergewöhnlichen Aktion. Denkbar sind Ausflüge zu nahegelegenen Freizeitzielen, Events aller Art, ein Abend im Theater. Zur Not tut es vielleicht auch der Besuch in einem Vogelpark. Die Auswahl sollte zu der Dame passen und ihr Freude bereiten. Beim Essengehen gab es Gelegenheit, dies zu eruieren. Auch hier gelten die gleichen Regeln. Es werden von keinem Intimitäten ausgesprochen. Stattdessen gibt es, freundliche, charmante, oberflächliche Unterhaltung. Das ist auch bei den folgenden Treffen angebracht. Verhalte dich noch ein wenig mehr wie ein Gentleman Und schau' wie sie darauf reagiert. Im Café den Stuhl zurechtrücken, ihr den Kuchen empfehlen, sie abholen und nach Hause bringen und vor allen Dingen niemals eine Andeutung darüber machen, dass du mit ihr eine Beziehung anfangen möchtest oder gar mit ihr ins Bett willst.

Inszeniere wie unbeabsichtigt einen romantischen Abend. Vielleicht einen Spaziergang an einem See, ein abendliches Picknick oder ein Candle-Light-

Dinner. Es sollte ein Abend sein, an dem normalerweise Geständnisse fallen. Du aber hältst dich zurück und schaust, wie sie schaut.

Alle Aktionen müssen fein dosiert, das heißt sie darf nicht öfter als zwei Mal die Woche von dir etwas hören. Sollte sie sich zwischendurch bei dir melden, sind diese Kontaktaufnahmen in äußerster Höflichkeit abzuwehren.

Sie hat vier Wochen Zeit, um in die Falle tappen. Wenn sie dann nicht eindeutige Aussagen macht über den Wunsch nach einer Beziehung mit dir, lass es sein. Alles. Komplett. Es folgt mit einer anderen Dame ein neuer Versuch.

Sie muss ihre Haltung verändern und etwas von dir wollen. Das ist das erklärte Ziel der Aktion. Auch wenn das geschieht, wenn sie sich dir also erklärt hat, verabschiedest du dich. Mit einem Vorwand: Gerade frisch verliebt, ich hänge doch noch an der Ex und so weiter.

Es geht schließlich um eine Einstellungsveränderung von dir. Um nicht mehr und nicht weniger. Ganz gleich, wie nett du diese Frau inzwischen vielleicht finden wirst, nach vier Wochen wird der Kontakt komplett beendet.

Wenn du Spaß am Tigerdasein entwickelt hast, wirst du noch am achtundzwanzigsten Tag auf ihren Wunsch hin mit ihr ins Bett gehen. Vielleicht ist es ein guter Beweis für deine Veränderung. Wenn du dann nicht den Absprung finden solltest, ist alles verloren. Du begibst dich in eine emotionale Abhängigkeit und sie wird dich so schnell wie möglich loswerden wollen, sobald sie es merkt. Diese Frau ist also so oder so nicht zu halten und es ist besser, wenn du das Steuer auch am Ende in der Hand behältst.

Das Ganze wird dich etwas Geld kosten, weil du schon etwas protzen musst. Aber ich denke, es ist ganz gut angelegtes Geld. Nein, du kaufst die Frau nicht. Du benutzt das Geld, um zu beeindrucken und um deine Einstellung dir selbst gegenüber zu verändern. In der Psychologie spricht man von der Fähigkeit der Selbstwirksamkeit. Später kann es auf andere Arten geschehen. Das funktioniert auch, aber diese Nummer ist verhältnismäßig einfach durchzuziehen.

Sicher kann es sein, dass die Dame etwas blutet. Vielleicht tust du ihr weh. Doch dieser Schmerz ist es wert, wenn dir dadurch ganz neue Möglichkeiten zu leben und zu lieben erwachsen. Und muss nicht jede

Frau, die auf Tiger steht, damit rechnen, verletzt zu werden? Sie hätte sich nicht darauf einlassen müssen.

Wenn du es kannst, hast du erst wirklich eine Wahl. Du kannst weiter Meerschweinchen bleiben, wenn es dir nicht gefallen hat. Du kannst der ewige gute Freund bleiben, der sich einsam selber befriedigen muss. Es ist sicher die nettere Art zu leben. Aber wenn du willst, kannst du jetzt auch Tiger sein, weil du eben weißt, wie es geht. Allein schon diese Möglichkeit wird dich in den Augen der Damen attraktiver erscheinen lassen. Probier es aus.

Natürlich ist es nicht Sinn der Sache, ein ewiger Tiger zu sein. Es geht erst einmal darum, mit einem anderen Auftreten gegenüber Frauen eine Erfahrung zu machen. Natürlich sehnen sich auch Frauen, genau wie du, nach Liebe, Verständnis und Gleichklang. Das kann zu gegebener Zeit initiiert werden. Aber zunächst wird man kaum Interesse oder Verlangen damit erreichen, wenn man diesen zweiten Schritt nach dem ersten geht.

Viel Erfolg und viele Grüße
Cindy

Womanizer

Steven ist ein Womanizer. Ein Frauenheld. Keiner, der einfach nur das Talent hat, Frauen „abzuschleppen". Er ist ein echter Held der Frauen. Er schläft gerne mit Frauen. Aber nur, wenn sie wirklich Lust haben. Es genügt ihm nicht, wenn sie ihr Einverständnis geben und ein wenig feucht werden. Er will sie nass sehen, er will, dass sie ihn dazu drängen, seine Hände über ihre Körper fahren zu lassen und in sie hineinzustoßen. Es gefällt ihm, Sehnsüchte zu stillen und sie zu Süchten werden zu lassen.

Wenn andere Männer mit einer Frau schlafen, vielleicht zu Beginn einer Beziehung, dann erhalten sie, sofern sie sich nicht allzu egoistisch angestellt haben, eine freundliche SMS am nächsten Tag wie „War schön gestern Nacht" oder ein „Ich würde das gerne wiederholen."

Steven erhält nach derartigen Gegebenheiten eine Dankes-SMS, die voll des Überschwangs und des Lobes ist.

Was macht er besser oder anders als die anderen? Er ermuntert die Frauen dazu, ihre eigenen

Bedürfnisse zu entdecken, und er sagt ihnen zu, sie zu befriedigen. Ganz gleich, wie kompliziert oder langwierig das auch sein mag. Er sagt: „Wenn eine Frau möchte, dass ich sie eine Stunde mit dem Mund verwöhne, dann mache ich das." Es gibt keine Sparversion. Er ist bereit, alles zu geben. Den Frauen lässt er Zeit. Sie können nach ihrem eigenen Rhythmus gehen. Sie brauchen sich nicht anpassen, nicht den Bauch einziehen, nicht stöhnen, wenn ihnen nicht danach ist. Steven passt sich den Frauen an, weil er als Mann ohnehin auf seine Kosten kommt. Alles ist in Ordnung. Es gefällt ihm, die Frau dabei zu unterstützen, ihre Lust zu finden und ihn wie ein Werkzeug mit Seele zu benutzen. Er tut es gerne und die Frauen spüren es und trauen sich zu experimentieren, sich gehen zu lassen, sich selber zu spüren und intuitiv ihrer Lust zu vertrauen.

Er entdeckt in jeder Frau ihre eigene Schönheit und kommuniziert sie. „Alles ist gut und schön", sagt er. Es ist in Ordnung, wie die Frau aussieht, es ist in Ordnung, wenn sie Zeit braucht, um Erregung aufzubauen, es ist in Ordnung, wenn sie von ihm bestimmte Bewegungen erwartet oder Streicheleinheiten an bestimmten Stellen wünscht.

Um in dieser Strategie erfolgreich zu sein, beobachtet er äußerst sensibel das Geschehen. Er macht es den Frauen möglich, auch ohne ausgesprochene Worte, Bedürfnisse und Wünsche zu erfassen und entsprechend zu reagieren. Im Zweifelsfalle fragt er nach: „Gefällt es dir so?" oder „Was möchtest du jetzt?" In wirklich guten Momenten reagiert er auf ihre Bedürfnisse, bevor sie ihnen selber bewusst geworden sind.

Für Steven muss es nicht die eine Frau sein, mit der er Sex macht, weil er sie besitzen will oder sie besonders attraktiv findet oder sie die ist, die er liebt. Wo Liebe ist, ist auch Sex und wo Sex ist, ist auch Liebe. Ohne Gefühle, ohne Sympathie und ohne Respekt, ohne sich für die Dauer der Begegnung auf den anderen einzulassen, geht es nicht.

Steven spürt die Bereitschaft von Frauen zum Sex. Manchmal initiiert er Körperkontakt und schaut, wie die Frau darauf reagiert. „Eine Sekunde länger", ist sein Motto: Er begrüßt sie mit Handschlag und hält ihre Hand eine Sekunde länger fest, er geleitet sie durch eine Tür, nimmt ihren Arm eine Sekunde länger oder schaut ihr im Gespräch eine Sekunde länger als es normalerweise geschehen würde in die Augen.

Entscheidend ist die Reaktion der Frau. Steven respektiert jede Reaktion und nimmt sie ernst, reagiert entsprechend. Ab und zu bekommt er Absagen, doch es gefällt so vielen, dass er täglich Sex haben könnte. Das allerdings tut er nicht.

Alles, was du willst

Hongkong ist schön, wenn man seine Maßstäbe etwas verändert und offen für spezielle Schönheit ist. Aber eigentlich war Phil nicht deswegen dort. Es war das Vertraute in der Ferne, was ihn nun zum dritten Mal in diese Stadt reisen ließ. Eigentlich war es nur eine Erinnerung, die sich immer noch warm und schön anfühlte, so wie Huans Körper, der einst bei ihm gelegen hatte und nun nur ein paar Kilometer weiter in den Armen eines anderen lag. Einen Chinesen, jemanden aus ihrer Kultur, mit dem sie nicht Englisch sprechen braucht. Es schmerzt.

Vielleicht war es auch die Kälte in Deutschland, die ihn hierher getrieben hatte. China war nicht nur wegen Huan warm. Die Menschen waren freundlich, offen und interessiert. Zumindest kam es ihm so vor, aus der Sicht des europäischen Touristen.

Nun paarte sich Nostalgie und seine gegenwärtige Einsamkeit mit den ihn täglich umgebenden netten Menschen aus dem Hotel.

Nach dem Dinner und dem unvermeidlichen Drink an der Bar wollte er in sein Zimmer. Vielleicht, um ein wenig Fernsehen zu gucken, vielleicht, um E-Mails zu lesen, vielleicht, auch um aus dem Fenster zu springen.

Mit ihm zusammen stieg eine junge Frau in den Lift. Unvermittelt sprach sie Phil auf Englisch an. Ob sie sich mit ihm unterhalten könne, sie wäre von dem "Gym-Center". Natürlich war ihm gleich klar, worum es ging, aber das Durcheinander von Gefühlen und diese Situation, mit der er so plötzlich konfrontiert worden war, überforderte ihn völlig. Also druckste er herum. Er wollte doch noch Huan anrufen. Aber warum eigentlich? Huan war Geschichte, auch wenn es sein Herz immer noch nicht begriffen hatte. Nach dem zweiten Gedanken war es doch nicht so ganz klar, was das für eine Frau war. Prostitution ist in China ja verboten. Für alle Beteiligten. So etwas war also immer riskant. Trotzdem gibt es hier auch eine Menge organisierte Prostitution. Und mit diesen Banden wollte Phil auf gar keinen Fall Bekanntschaft machen. Phil zögerte, schaute, sprach mit ihr, schwankte zwischen tausend Gedankensplittern.

Er versuchte, sie noch im Lift abzuwimmeln, aber sie erkannte das Zögern, seine Unsicherheit und Einsamkeit. Und sie war schön. Natürlich langes, schwarzes, glänzendes Haar, schlank, gut gekleidet mit Rock und Bluse. Nicht wie eine gewöhnliche Prostituierte. Und sie war jung. Ganz sicher über zwanzig, doch neben ihm, dem fast Vierzigjährigen, doch nahezu blutjung. Sie lächelte, kam noch einen Schritt auf ihn zu, so dass er ihren Duft und einen Hauch Parfum in sich aufnehmen konnte. „Bitte, ich möchte nur ein paar Minuten mit dir sprechen", sagte sie im passablen Englisch. Sie schien sich in irgendeiner Notlage zu befinden. Aber in welcher? Oder war es nur ihre Masche?

Schließlich gab er nach. Nach minutenlanger Flurdiskussion nahm er sie mit in sein Zimmer. Dort sagte sie offen, dass sie Geld brauche und es sich bei ihm verdienen wolle. Sie nannte ihm ihren Preis, betonte, sie brauche das Geld unbedingt. Der Preis war ortsüblich. Aber Phil war völlig hin- und hergerissen und wusste nur, dass er nicht wusste, was er machen sollte. Einerseits wollte und musste er sie loswerden, andererseits lockte ihr Körper, die Wärme, die irgendwo in ihm stecken musste. Und Himmel, es war so lange her, dass er Sex gehabt hatte. Viel zu lange.

Er brauchte ein bisschen Luft, um einen klaren Gedanken zu fassen, und sagte ihr, er müsse eben telefonieren. Vom Balkon aus rief er Huan an, schilderte kurz seine Situation und war versucht, ihre Antwort mitzusprechen: „Du musst sie hinauswerfen. So wirst du nie eine richtige Freundin finden. Hol das Hotelpersonal zur Hilfe, wenn du es alleine nicht schaffst."

Was hatte er erwartet? Recht hatte sie trotzdem. Natürlich. Er wusste es ja selber. „Ja, ich werde es tun", stimmte er zu, doch die Worte flossen nur in das Telefon und fanden in ihm keine Resonanz. Huan schien erleichtert, und meinte, er solle sich den Mond anschauen, er sei rund und schön. Aber auch diese Worte gelangten nur in ein Vakuum. Phil hörte ihr nicht einmal mehr richtig zu. Früher war der Mond ein Symbol für die Beziehung zwischen ihnen gewesen. Es gab Momente, da hatten sie miteinander telefoniert und gleichzeitig den Mond betrachtet - den gleichen Mond 10.000 km weit auseinander. Jetzt aber wirkten ihre Worte wie leere Versprechen.

All das war so weit weg und irrelevant, bis auf diese Frau auf dem Sofa in seinem Hotelzimmer, deren Namen er nicht einmal wusste. Trotzdem. Sie musste gehen. Ein zaghafter Beschluss war also gefasst, den es umzusetzen galt. Auf den Weg ins Zimmer sagte er laut: „Ja, gerne, dann bist du also in einer halben Stunde hier. Ich freue mich." Es war eine schlechte, dumme und feige Strategie, aber er musste schließlich so tun, als stünde sein Entschluss fest und er würde so nicht diskutieren müssen.

Er schaute in ein Paar traurige, zum Versinken schöne Augen. Sie straffte ihren Körper und wirkte wie ein am verhungerndes Tier, dem man ein mühsam erbeutetes Stückchen Fleisch wegnehmen wollte. Geschwächt, aber auch zum Kämpfen bereit, sagte sie: „Ich brauche das Geld unbedingt. Heute noch." Hatte sie seine Lüge durchschaut oder wollte sie nach einer halben Stunde bereits wieder verschwunden sein? „Wie heißt du überhaupt?" fragte Phil, um nicht schon wieder halbherzige Aufforderungen loszuwerden. „Dai. Ich heiße Dai." „Also gut Dai. Ich gebe dir die Hälfte von dem Geld und du gehst dann einfach, ohne irgendetwas dafür zu tun. „Nein, nein. Ich brauche alles. Heute noch. Ich bin keine richtige … Ich habe Schulden. Ich muss das Geld heute noch haben."

Jetzt, wo sie so schnell und aufgeregt sprach, wirkte sie noch hübscher. Die Augen wurden etwas größer und lebhafter, die Haut über den hohen Wangenknochen rötete sich leicht, die Nasenflügel bebten ganz fein. „Warum eigentlich nicht?" fragte sich Phil. Sie hatte ein Problem und er konnte Bestandteil der Lösung sein. Eigentlich war es ganz einfach. Doch gleich darauf gingen ihm nochmals ein paar mögliche höchst unangenehme Folgeerscheinungen durch den Kopf: Chinesische Mafia, Polizei, Geschlechtskrankheiten durch geplatzte oder falsch verwendete Kondome .... Dais Augen begannen zu strahlen. Wusste sie mehr über ihn als er selber? Phil begann sich einzubilden, dass dieses Strahlen nicht nur auf sein Geld abzielte. Schöne Einbildung.

Sie musste gespürt haben, dass sie gewonnen hatte, er aber noch Zeit brauchte. „Wir können auch erst mal ein wenig reden", schlug sie lächelnd vor. Aber an den Tatsachen würde sich dadurch nichts ändern. Phil war ein alter Sack und sie ein hübsches, junges Mädchen. Er hatte Geld und sie war in irgendeiner Notsituation. Es gab nichts, was daran richtig war, diesen Film weiterlaufen zu lassen. Es musste jetzt aufhören. Phil zog sein Portmonee aus der Hosentasche, legte ihr die komplette Summe auf den Tisch und sagte: „Nimm es und geh."

Sichtlich erstaunt nahm sie das Geld und machte Anstalten zum Gehen, hielt dann plötzlich inne: „Ich will das nicht, du hast bezahlt, so sollst du auch etwas dafür bekommen." Phil sagte, dass sie sich an einen anderen Tag wiedersehen könnten, dann könne sie ihm ja vielleicht etwas geben. Das wollte sie auch nicht, sie wisse nicht, ob sie Morgen noch hier sei.

Jetzt brauchte Phil einen Drink. Er ging zur Bar, schüttete Gin und Tonic in zwei Gläser, reichte ihr eins. Dai erzählte währenddessen etwas vom richtigen Tun. Wenn alles nicht so abstrus gewesen wäre, hätte er jetzt gelacht.

Nachdem sie ausgetrunken hatte, stand sie auf, sagte, sie gehe jetzt duschen. Phil sagte nichts. Es gab auf einmal für ihn keine andere Möglichkeit mehr, als mitzumachen. Dieser Tunnel hatte nur einen Ausgang. Also ging es nur noch darum, die Gestaltung für alle Beteiligten so angenehm wie möglich zu inszenieren. Ob sie zusammen duschen können, fragte er in Richtung Badezimmertür. „Nein".

Na gut. Sie wusch sich gründlich und er verschloss seine Wertsachen in einen Aktenkoffer. Armselig. Wo doch die Liebe so schön sein konnte. Notdürftig, aber vollständig mit einem Handtuch umschlungen ging Dai direkt ins Bett, Phil betrat das Bad, die Tür nur so weit geschlossen, dass er sie noch beobachten konnte. Sie saß brav im Bett und rührte sich nicht. Als er fertig war, nahm er sich ein Handtuch, genauso wie sie es zuvor getan hatte und kroch zu ihr ins Bett. Sie war schön, genau wie eine typische Chinesin, schlank, flache Brüste. Ein paar Schrammen hatte sie, aber nichts wirklich Bedenkliches. Er fragte nach einem Kratzer auf der Schulter. Sie verriet nicht, woher sie ihn hatte. Sie fragte nach Kondomen, und hatte schon eines in der Hand. Sie begannen Zärtlichkeiten auszutauschen. Schnell begann sie, sich um seinen Pint zu kümmern. Er reagierte auf sie positiv. Phil war nicht auf Eile eingestellt. Jetzt wollte er es langsam. Mit einer Hand streichelte er ihre flachen aber festen Brüste mit den ausgeprägt großen Brustwarzen und mit der anderen ihre Klitoris. Ihre Vagina war sehr trocken. Sie spuckte in ihre Hand um sie zu befeuchten. Dabei legte sie Wert darauf, dass er nicht mit ihrem Speichel in Kontakt kam. Er fragte warum. Sie sagte, der sei schmutzig. Gedanken über Krankheiten schossen ihm durch den Kopf - Herpes, HIV, Syphilis, Tripper. Sie bemerkte es. Der Pint erschlaffte. Sie erklärte, dass in China Speichel allgemein als schmutzig gilt. War das eine Notlüge oder stimmte es? Huan hatte auch schon einmal so etwas erwähnt und damals hat es auch sehr lange gedauert, bis sie sich das erste Mal auf den Mund geküsst hatten - lange nach dem ersten Sex.

Phil beschloss sein Schicksal und sein (Un-)Glück zu akzeptieren, wie es auch sei. Was konnte er noch verlieren. Schlimmer als aus dem Fenster zu springen, wird es nicht werden. Jetzt eine Frau zu fühlen, war eine unglaublich gute Alternative, selbst wenn sie den Tod brächte. Sein Pint erreichte wieder eine Härte, die für ein Eindringen ausreichend war. Er nahm das Kondom, streifte es über, kniete zwischen ihren Schenkeln und schaute in zwei erwartungsvolle Augen. Vorsichtig rieb er seinen nicht sehr harten Pint an ihrer Vagina und an ihrer Klitoris. Dann drang er vorsichtig in sie ein. Ihr Gesicht zeigte ein seltsames Erstaunen. War es Schmerz oder ein anderes Gefühl? Auf jeden Fall fühlte sie etwas. Ihre

Vagina war warm, sie nahm ihn auf. Leichte Seufzer entfleuchten ihrem Mund. Er flüsterte ihr etwas ins Ohr, von der Wärme die er empfand, von der Geborgenheit, die ihre Vagina ihm vermittelte. Verlegen lächelnd bedeckte sie ihr Gesicht mit den Händen. Gefiel ihr, was er sagte, oder hatte es nur die Unsicherheit erhöht? Sie zog ihn näher zu sich heran und sie hielten Blickkontakt. Er bewegte sich langsam. Immer wieder seufzte sie, wenn ihre warme Vagina seinen Pint vollständig in sich aufnahm. War das Show? Wenn ja, dann war sie verdammt gut. Für Phil fühlte es sich anders an. So, als ob sie etwas Positives empfand.

Das letzte Jahr, verbracht in einsamer Selbstbefriedigung, war nicht spurlos an ihm vorübergegangen. „Jetzt eine richtige Frau, jetzt eine richtige Frau", ging es ihm zunächst selten, dann immer häufiger und zwanghafter durch den Kopf. Wie ein Mantra. Die Intensität der Gefühle, die Dai ihm bereitete, ließ seine Selbstkontrolle in sich zusammenfallen. Es fühlte sich an, als ob ihre Vagina geradezu sein Sperma aus ihm heraussaugte. „Ich ficke und ich lebe, ich lebe und ich ficke", waren die letzten Gedanken vor dem Kick.

Als sie merkte, dass er fertig war, schien ein Schleier von Traurigkeit über ihr Gesicht zu huschen. Sie hatte wohl noch nicht damit gerechnet. Aber vermutlich bildete er sich auch das ein. Schnell war sie wieder sehr vernünftig und signalisierte, dass er die Tatsachen jetzt entsorgen möge. Sie selbst verschwand im Bad für eine erneute Reinigung. Phil kam zu ihr ins Badezimmer und sie redeten. Er erklärte ihr, warum er so früh gekommen war, und sie schien dafür Verständnis zu haben.

Wie blöd war er eigentlich, sich bei einer Hure dafür zu entschuldigen, zu schnell gekommen zu sein. Um noch einen draufzusetzen, empfand er eine eigenartige Nähe zu Dai.

Nach dem Duschen setzten sie sich auf die Couch und sie fragte, ob sie die Früchte, die in einer Schale bereitlagen, essen könne. Er bot es ihr an und als ob sie schon ewig in diesem Zimmer wohnten, ging sie zum Schrank und holte Besteck heraus. Sie zerteilte die Südfrucht, von der er nicht den Namen kannte, in zwei Teile. Sie begann, sie auszulöffeln. Phil bot sie die andere Hälfte an.

Während sie aß, sprach sie über das Selbstbewusstsein und die Notwendigkeit, an sich selber zu denken als Grundlage für eine Beziehung. Wie kommt es nur, dass selbst im fernen China die Frauen Phil immer nur dasselbe sagen?

Sie erzählte auch von sich, von geplatzten Immobiliengeschäften und ihrem festen Willen, sich ohne fremde Hilfe ihrer Schulden zu entledigen.

Irgendwann fiel ihr ein, auf die Uhr zu schauen und sie meinte, dass sie jetzt mit dem Taxi zu ihrer Unterkunft fahren müsse. Dann fragte sie Phil, ob es ihm gefallen habe. Phil war sofort klar, was sie wollte. Er lachte. Sie fragte, warum er das tat. „Nun", sagte er, „du möchtest jetzt bestimmt das Geld für das Taxi haben". Sie fühlte sich ertappt, und meinte, dass er nichts geben müsse, wenn er es nicht wolle. Brauchen könnte sie es aber. Nachdem er ihr das Gewünschte ausgehändigt hatte, strahlte sie übers ganze Gesicht und gab ihm einen Kuss auf die Stirn. Dann ging sie leise und Phil schloss die Tür hinter ihr. Mit allen Schlössern, die diese Tür hatte.

Sie war gegangen, sie war gegangen. Er wollte, dass sie geht, und nun war sie gegangen.

Freundinnendienst

„Er ist griesgrämig und einsilbig. Er kümmert sich weder um mich noch um die Kinder, auch nicht ums Haus. Er arbeitet ja und das soll genug sein. Das ist keine Ehe, nicht mal eine schlechte. Er ist wie ein Zombie. Leblos." Svenja saß mit ihrer Freundin Celine am Küchentisch des schicken Bungalows und wirkte selber wie ein Zombie. „Liebt er dich noch? Liebst du ihn noch?" reduzierte die Freundin die Ausführungen auf die zwei entscheidenden Fragen.

„Ja, nein, ich weiß nicht. Es ist alles so … so mühsam. Er ist so verstockt", lautete die Antwort. Also musste die Antwort auf diese Fragen erst einmal herausgefunden werden. Dann konnte man weitersehen.

„Ich kann ja mal mit ihm ficken. Eine kleine, seichte Affäre weckt die meisten Männer auf und treibt sie wieder in ihren Horst zurück.", schlug Celine vor, um dem Ganzen etwas Drall zu geben. „Ach, ich bräuchte selber eine Affäre", gab Svenja zurück und wirkte schon etwas wacher. „Suche und finde. Sobald du einen hast, werde ich mit deinem Mann ein Schäferstündchen vereinbaren."

„Du hast Recht. Lieber verliere ich ihn ganz, als noch weiter diese Ehe ohne Leben auszuhalten. … Aber, du wirst dich doch nicht in ihn verlieben?"

„Nein, werde ich nicht. Ich mache einen Freundinnendienst und amüsiere mich nur ein klein wenig. Es ist dein Mann. Ich weiß, dass er großartig sein kann und es tut mir leid, dass du ihn im Moment nur in der Schlaftablettenform haben kannst. Er muss geweckt werden."

Drei Tage später klingelte bei Celine das Telefon: „Hallo, hier Svenja. Ich habe einen. Den Postboten. So etwas Blödes, Klassisches kann auch nur mir passieren. Aber er ist sehr süß und kommt fast jeden Tag. Super bequem." Celine konnte sich kaum halten vor Lachen. „Du Glückliche, zu mir kommen nur solche Grufties. Mit Bauch, Brille und Bart."

„Meiner hat auch einen Bauch … einen Waschbrettbauch. Aber genug der Schwärmerei. Für mein Seelenheil ist gesorgt. Jetzt heißt es, aus dem Flugzeug springen. Ich habe meinen Fallschirm dabei. Jetzt wird meine Ehe gerettet. Bist du für deinen Part bereit?"

„Natürlich."

„Wunderbar. Am besten, du fängst ihn morgen Abend vor dem Büro ab. Im Anzug wird er dir gefallen."

„Alles klar. Wann kommt er raus?"

„Etwa um halb sechs. Gegenüber ist ein Kaffee. Wenn du deinen Cappuccino im Voraus bezahlst, könntest du hinausjagen, wenn er erscheint."

„Nein, ich warte einfach vor dem Büro. Ich gehe eben ein wenig auf und ab und denke darüber nach, wie ich es anstellen soll, ihn zu verführen."

„Baby, du musst doch nur lächeln."

„Das wäre schön, wenn es immer so einfach gehen würde. Schließlich ist er ein verheirateter Mann. Aber es wird schon klappen."

„Viel Erfolg."

„Und dir viel Spaß mit der Post."

Am nächsten Abend um viertel nach fünf bezog Celine Position. Sie hatte sich Mühe gegeben, unauffällige Straßenkleidung, die er von ihr kannte, mit einem sexy Outfit so zu kombinieren, dass sie wie bekannt und gleichzeitig ganz anders aussah. Statt der Halbschuhe trug sie Stiefel und eine enge Jeans, die er schon kannte. Die Jacke mit einem Gürtel um die Taille, etwas zugeschnürter, als sie es sonst tat und natürlich der rote Lippenstift, der angeblich

Oralverkehr versprach, komplimentierte das Bild. Den Lippenstift hatte er bei ihr noch nicht gesehen.

Als sie da vor dem Bürohaus stand, wollte ihr keine geeignete Strategie einfallen. Sie dachte an alles und nichts, während sie hin und her und her und hin marschierte. So würde sie sich auf ihre Intuition verlassen müssen.

„Hallo Bernd. Ich … ich habe auf dich gewartet."

„Na, das war ja vielleicht eine blöde Ansprache", fuhr es ihr augenblicklich durch den Kopf. „Egal. Jetzt nur die Nerven bewahren und schauen, wie er schaut".

„Soooo?", fragte er und an seinem Blick erkannte sie, es würde ein leichtes Spiel werden. „Ich war gerade in der Nähe und du warst doch mal eine Zeitlang in Australien. Mein Chef will mich hinschicken. Ich muss unbedingt etwas über das Land erfahren", zwitscherte sie gutgelaunt, weil Männer wie Bernd gutgelaunte Frauen mögen. Sie glauben, gute Laune hätte etwas mit Problemlosigkeit zu tun. „Da drüben ist doch ein Kaffee. Hast du noch zwanzig Minuten Zeit?"

Fast theatralisch guckte Bernd auf die Uhr. Am liebsten hätte sie für ihn geantwortet, weil sie ohnehin schon wusste, was kam. Nur, dass es die Sache etwas beschleunigt hätte. Innerlich sprach sie seine Antwort mit: „Ja, zwanzig Minuten hätte ich wohl noch Zeit." Einfältige Männer.

Während sie die Straße überquerten, überlegte Celine, ob sie gleich zum Angriff schreiten oder die langsamere Strategie fahren und ein paar Tage mit Vorgeplänkel verbringen sollte. Bei der ersten Möglichkeit musste der erste Versuch zum Erfolg führen. Ansonsten wäre die Chance unwiederbringlich vertan. Bei der anderen Strategie hatte sie etwas mehr Zeit, sich auf ihn einzustellen, seine Wünsche zu eruieren.

Auch als sie sich an einen kleinen Tisch ans Fenster gesetzt hatten, kannte sie die Antwort noch nicht. „Wie lange willst du denn nach Australien?" fragte er. Celine flirtete, was das Zeug hielt, während sie Frage um Frage stellte, ihn als allwissenden, großartigen Mann zu sehen versuchte, ihn zum Lachen brachte und von Zeit zu Zeit seinen Arm berührte. Schließlich fing sie an, theatralisch über ihren Arbeitsvertrag zu jammern, von dem sie nicht wusste, ob sie ihn unterschreiben sollte. Die Hälfte davon verstünde sie nicht und morgen wollte der Chef ihn wiederhaben. Sie wohne ja nicht weit weg von hier, ob er denn einen Blick darauf werfen könnte? Sie schaute ihm dabei tief in die Augen, befeuchtete ihre roten Lippen mit der Zunge. Nicht offensiv, eher wie zufällig.

Er erwiderte ihren Blick und zögerte. Das freute Celina für Svenja. Sie hoffte, sie wäre der Grund für sein Zögern. Eigentlich passten die beiden wirklich gut zusammen und es wäre schön, wenn sie nicht vor dem Scheidungsrichter landen würden. „Wach auf, Bernd", flüsterte sie ihm wortlos zu.

Er entschuldigte sich bei ihr für einen Moment, tat so, als würde er zur Toilette gehen, doch sie wusste, er würde jetzt Svenja anrufen und ihr mitteilen, dass er heute später nach Hause kommen werde. „Ja, es gibt schon wieder so viel zu tun im Büro."

Kaum hatten sie die Wohnungstür hinter sich verschlossen, erwachte er. Sie hatte zwischen die zwei Knöpfe seines Hemdes gegriffen, da griff er nach ihrem Haar, zog ihren Kopf nach hinten und küsste sie leidenschaftlich. Sie sanken in sich zusammen, fielen auf den rauen Sisalteppich, der im Flur ausgelegt war übereinander her, sich aneinander festklammernd, wie zwei Ertrinkende. In jugendlicher Geschwindigkeit rissen sie sich die Kleidungsstücke vom Leib. Sie merkte noch, wie er das Tempo drosseln wollte, um ihr Zeit zu geben, aber er konnte sich nicht stoppen.

Bernd war so geil, so voller Leben, dass es Celine wegen Svenja fast die Tränen in die Augen trieb. Sie spürte ihn in sich, merkte, dass er kurz darauf kam und wie er langsam wieder klar wurde. „Ich ... ich gehe jetzt", sagte er nur. Celine nickte.

Notdürftig bekleidet rief sie ihre Freundin an: „Hallo, es ist vollbracht. Wie geht es weiter?"

„Na, ich hatte schon geahnt, dass funktioniert. Es wäre gut, wenn du noch ein paar Tage weitermachen könntest. Ich gucke mir derweil sein schlechtes Gewissen an. Wenn ich dir Bescheid gebe, beginnst du einfach damit, zickig zu werden, oder du tauchst wieder ab. Wirst du das hinbekommen?"

„Ja, für dich. Ich hoffe, der Plan geht auf."

„Großartige Ideen funktionieren immer. Schlaf schön und vielen Dank."

Am nächsten Abend schafften sie es bis in ihr Bett. Er hatte sie gleich an sich gedrückt, nachdem er sie vor seinem Büro gesehen hatte und sie ein zaghaftes „Hallo" ausgetauscht hatten. „Es ging alles so schnell gestern. Sorry." Und dann waren sie ohne Umschweife zu ihr gegangen. Im Schlafzimmer deckte er sie ein mit Küssen. Kein Körperteil ließ er aus, nicht ihre Zehen, nicht ihre Hüfte, nicht ihren Ellenbogen. Celine entspannte sich vollständig, bis er seine Zunge zwischen ihre Beine schob und die Lust über sie kam. Er brachte sie dazu, sich auf ihn zu setzten, damit sie Tempo und Tiefe seiner Penetration bestimmen konnte. Sie tat es. Er kam unter Stöhnen. Sie nicht. Aber es hat ihr gefallen.

Er holte aus, um irgendetwas zu erklären: „Ich … äh … weißt du …", überlegte es sich dann anders. „Ich geh dann jetzt. Bis bald?"

„Ja, bis bald", sagte Celine noch benommen, noch kaum einen klaren Gedanken fassend. „Hauptsache, ich verliebe mich nicht in ihn", fuhr es ihr noch durch den Kopf, bevor sie einschlief, ohne dass sie Svenja noch einmal angerufen hätte.

Am übernächsten Abend war sie in die Küche gegangen, um Eis für ihre Drinks zu holen. Natürlich sollte es keine Einladung zum Gespräch sein. Das konnte sie Svenja nicht antun, doch sie brauchte dringend einen Drink, weil sie schon den ganzen Tag an den Sex mit Bernd gedacht hatte. Mit einem Kuss hatte sie sich von ihm gelöst, um den Raum zu verlassen.

Gut sah er aus. Sie auch. Der Sex der letzten drei Tage hatte ihnen besser getan als eine Woche Urlaub.

Jetzt war er ihr nachgekommen, fasste ihr von hinten an den Busen, blies ihr seinen heißen Atem in den Nacken. Lange Zeit drehte sie sich nicht um, sondern ließ es einfach geschehen. Als er sie auf die Arbeitsplatte hob, lagen Bluse und BH bereits auf dem Boden, ihren Rock hatte er hochgeschoben. Mit einem Einmachgummi fixierte er ihre Hände hinter dem Rücken und griff nach dem Honigglas.

„Die Honignummer", dachte sie entzückt. „Das hatte ich ja schon seit Jahrzehnten nicht mehr. Großzügig wurden ihre Brüste mit der warmen schmierigen Masse eingerieben. Beim Ablecken ließ er sich Zeit. Als ob er alle Zeit der Welt hätte. Nachdem ihre Brüste sauber und feucht glänzen, ließ er seinen Pint in dem Honigglas versinken. Gekonnt hob er sie auf den Fußboden, ihre Arme waren noch immer auf dem Rücken mit dem Gummiband zusammengebunden. Gierig nahm sie seinen Pint in den Mund. Immer wieder schob er ihren Kopf ein wenig zurück, um nicht zu früh zu kommen, um ein paar tiefe Atemzüge zu machen. Von Svenja wusste sie, dass er mit ihr früher mal einen Tantra-Kurs besucht hatte. Lange konnte er seine Ejakulation dennoch nicht zurückhalten. Aber das Liebesspiel hörte auch danach nicht auf. Auch sie versuchte es mit ruhigem Atem, als er ihrer Beine gespreizt, sie mit Honig beträufelt hatte und sie seine Zunge spürte, bis der Orgasmus sie heftig durchschüttelte.

Es war Freitag. Am Wochenende würden sie sich nicht sehen.

„Celine", flötete Svenja am nächsten Morgen ins Telefon, „er hat Brötchen geholt und mir eine rote Rose mitgebracht und mich auf den Mund geküsst. Ich habe ganz weiche Knie bekommen. Er ist so zauberhaft. Ich danke dir tausend Mal. Heute Abend wollen wir Essen gehen. Nur wir beide."

Schon am Sonntag folgte der nächste Anruf von Svenja: „Wir haben miteinander geschlafen. Er war ganz heiß auf mich. Du warst wunderbar. Danke. Ich glaube wir kommen wieder in Schwung. Reden, Sex, alles ist wieder da und ich liebe ihn. Deine Mission ist erfüllt."

„Ich freue mich für dich. Wirst du deinen Postboten auch wieder los?"

„Aber ja. Kein Problem. Zur Not gebe ich ihm deine Adresse."

Das Duell

„Es steht 1:1 für dich. Aber das Spiel ist noch nicht vorbei. Deine Fehler sind meine Punkte", hatte Stine in den Computer gehackt. Fassungslos und wütend, ein paar Stunden nachdem sie sich seine schlichten Worte angehört hatte: „Ich bin seit dem Sommer wieder mit Gabi zusammen", bei ihrer zufälligen Begegnung, als Stine auf dem Weg zur Toilette ihm unvermutet gegenüberstand, auf dieser merkwürdigen Party. So als hätte er gesagt, es sei heute ein regnerischer Tag. Jetzt war es schon fast Herbst. Zwei Monate hatte er sie mit „viel Arbeit" und „keine Zeit" und „ich bin krank" abgespeist. Vor einem Monat hatten sie sich sogar gesehen und alles war wie immer gewesen.

Ausgerechnet Gabi. Stine hätte einen Quantensprung für ihn bedeutet, Gabi nichts weiter als ein paar flauschige Daunenfedern, in die man sich zurückziehen kann. Sie hatte dieses Nest für ihn gebaut. Sie hatte ihn dorthin gelockt. Er war vom Philosophieren zum Brot geeilt. Das war für Stine nur schwer zu ertragen. Ihn kampflos im Weichspüler liegen zu lassen, kam überhaupt nicht in Frage. Das wäre so, als wenn man mit einem Porsche immer nur zum Bäcker führe.

Jede Kuschelecke endet früher oder später in einer unerträglichen Langeweile. Vielleicht wird sie ihn so selber hinaustreiben. Vielleicht gestaltet sie das Bettenlager zu weich und zu warm. Er musste doch merken, dass dies der falsche Platz ist für ihn ist. Für einen Mann von seinem Format.

Das wird sie wiederum spüren und es wird sie verunsichern. Es ist dann nur eine Frage der Zeit, wann sie anfängt, Fehler zu machen, nicht perfekt Erwartungen erfüllen kann, weil sie nicht hört, was es zwischen den Zeilen zu hören gibt. Vermutlich wird er dann beginnen, sich abzuwenden. Erst innerlich und dann tatsächlich.

Das ist Stines Vorteil. Das ist der Vorteil der Abstinenz. Man macht keine Fehler, weil man keine Fehler machen kann.

„Er gehört mir", kam eine knappe Antwort zurück. Und das war schon ein Fehler. Der wievielte? Wer die Spiele der anderen mitspielt, hat sie bereits verloren. Weil er die Spielregeln weder aufgestellt hat, noch begriffen. „Gut so, gut so", dachte Stine, „sie ist nervös. Das wird die Fehlerhäufigkeit begünstigen."

„Niemals wirst du wissen, wann ich ihn sehe. Immer wirst du Angst haben müssen. Jedes Zuspätkommen wird dich quälen und dieses Misstrauen wird sich wie ein Keil zwischen euch schieben, eure Beziehung vergiften, wie eine Wunde, in die Gift gelangt ist, welches unaufhaltsam zum Herzen zieht, um tödlich zu sein." Das hatte Stine geantwortet. Auch wenn sie wusste, dass sie das Gift war. Und auch wenn sie wusste, dass es nicht richtig war, solche Gemeinheiten loszutreten.

„Lass mich in Ruhe", antwortete Gabi. „Na gut", dachte Stine. „Wenn sie sich jetzt in Schweigen hüllt, hat sie eine echte Chance und mir wird das Spiel besser gefallen, weil es erst dann eine echte Herausforderung ist."

Keine vierundzwanzig Stunden später rief Stine ihn an. „Halloooo? Wollte mal hören wie es dir geht?" Unschuldig und nett. Sie musste unbedingt herausfinden, ob er über die Mails Bescheid wusste „Ach, ich bin so gestresst", sagt er „Bla bla bla ..." und sagte alles und nichts. Zumindest aber nicht: „Nein, lass mich in Ruhe. Ich bin glücklich mit Gabi." Das hatte er nicht gesagt. Das war sogar Stine peinlich. Für ihn. Seine Reaktion war keine Reaktion, wie man sie von einem Mann von Format erwarten konnte. Er steht nicht zu den Dingen, die er tut. Er windet sich. Er schrumpft. Warum zum Teufel sollte sie sich um Bullshit prügeln?

Die nächste Mail an Gabi wurde fällig: „Der Zustand der Ruhe hat nichts mit Fakten zu tun. Es ist ein innerer Zustand."

„War er bei dir?" kam eine bange Frage zurück, ganz so, als ob sie sich von Stine Ehrlichkeit erhoffen könnte. So wenig wie von ihm oder den Rest der Welt. Er war nicht bei ihr. Und Stine schrieb: „Es ist unerheblich, wo er sich wann körperlich befindet." Schon während des Schreibens spürte sie Genugtuung. Gabi schwankte erheblich und das ließ sich noch weiter ausbauen.

Dann plötzlich eine SMS vom Geschrumpften: „Ich würde dich heute Abend gerne sehen. Hast du Zeit?" „Für ihn immer alle Zeit der Welt", dachte Stine, „was spielt Größe da schon für eine Rolle?" Ab und zu hatte sich noch ein anderer Gedanke durch ihren Kopf geschlichen: Manchmal schon hatte sie gehofft, das Spiel wäre vorbei, sie könnte ihn einfach aufgeben und loslassen und ihren Frieden finden. Jetzt ging das nicht mehr.

Er kam. Es war wie immer, es war wie früher: Reden, flirten, reden. Stine sagte unvermittelt: „Mich brauchst du nicht anlügen. Du kannst es tun, wenn du möchtest, aber es ist nicht notwendig." Er nickte, sagt nichts. Dann das Unvermeidliche: Beine spreizen, Lust empfinden, Nähe suchen und finden, taumeln zwischen Genuss und Seelenpein. Zwei Stunden später stand er auf und ging. Stine, noch ganz warm, versöhnt mit der Welt, beschloss, vollkommen unabhängig von einigen internen Einwänden, ein besserer Mensch zu werden. Lieber jetzt gleich, als morgen. „Wir müssen eine Lösung finden. Ich muss eine Lösung finden und ich muss wieder gut sein und Gutes tun. Und wenn es nicht anders geht, gebe ich ihn auf. Ich kann nicht mehr dieses Leben führen. Ich muss wieder in sauberes Fahrwasser gelangen", dachte sie und begann zu beten an einen Gott, an den sie nicht glaubte und er gab ihr Kraft.

„Friedensangebot", schrieb Stine in die Betreffzeile der nächsten Mail. „Wir teilen ihn und du bekommst den Löwenanteil. Wir kooperieren.", verkündete sie stolz zumindest den Missmut ein wenig transformiert zu haben. Die Antwort ließ nicht lange auf sich warten: „Einen Mann kann man nicht teilen. Du die Füße und die Ohren und ich den Rest oder wie? Ich kann nicht teilen. Ich will nicht teilen."

Wow. Soviel Humor hatte sie Gabi gar nicht zugetraut. Aber Spießbürgerin bleibt Spießbürgerin. „Natürlich kann man einen Mann teilen. Du musst es tun, sonst wirst du ihn verlieren und das weißt du. Er macht ohnehin, was er will, und wenn wir seine Lügen unterbinden, indem wir ehrlich zueinander sind, dann ist das der einzige Weg zur Seelenruhe."

Stine vermutete, dass Gabi das Wasser bis zum Hals stand und ihre Kräfte schwanden. Die Vermutung bestätigte sich: „In Ordnung. Du bekommst ihn zwei Mal im Monat. Mehr nicht. Öfter hast du ihn vorher auch nicht gesehen." Das war erst einmal ein annehmbarer Vorschlag. „Einverstanden. Im Übrigen sollten wir mal zusammen einen Kaffee trinken gehen. Du hast jetzt nicht nur eine sichere Beziehung, sondern zusätzlich eine Freundin", schrieb Stine und dachte: „Zumindest für eine Weile. Diese Schlacht ist gewonnen, wenn auch nicht ohne Verluste. Es steht 2:2 für uns, aber das Spiel ist immer noch nicht vorbei."

Speed Ficking

„Jetzt geht's zur Sache. Speed Dating und Speed Dancing war gestern. Heute machen wir Speed Ficking, " stand es in großen gelben Lettern auf einem Plakat. „Klasse Idee", meinte Jan, der davon überzeugt war, dass eine Frau mit ihm auf allen Ebenen harmonieren sollte. Geistig, psychisch und körperlich. Die Chance, an einem Abend fünf Frauen so komplett kennenzulernen, wollte er unbedingt nutzen.

Er war auf das Prozedere gespannt. Schließlich würde es kaum ein Mann schaffen, fünf Mal am Abend zu kommen.

Nachdem er sich über das Internet angemeldet und eine Menge Geld überwiesen hatte, bekam er eine E-Mail mit den Regeln:

1. Sauberkeit und Hygiene sind oberstes Gebot.

2. Es stehen fünf Zimmer zur Verfügung, eine Bar und ein Badezimmer.

3. Wir beginnen mit einem festlichen Essen, bei dem die Teilnehmer sich unbekleidet und schweigend auf den Abend einstimmen.

4. Jeder Mann hat mit jeder Frau in jedem Raum für die Dauer einer halben Stunde einen sexuellen Kontakt. Dieser ist verpflichtend. Die Veranstaltungsleitung legt die Reihenfolge fest.

5. Das Verwenden von Kondomen ist obligatorisch.

6. Nach jedem Kontakt wird geduscht.

7. Jede Aktion findet im gegenseitigen Einvernehmen statt.

8. Kontaktdaten werden nur weitergegeben, wenn dieser Wunsch auf Gegenseitigkeit beruht.

9. Der Konsum von Alkohol wird reglementiert.

10. Regelverstöße sind der Veranstaltungsleitung umgehend zu melden und haben einen sofortigen Ausschluss zur Folge.

Es beruhigte Jan, dass es ein Spiel mit festen Regeln war und offenbar tatsächlich dem angegebenen Zweck diente. Er schluckte nur einmal kurz bei dem Gedanken mit jeder Frau schlafen zu müssen, ganz gleich ob sie ihm gefiel und stellte sich alte, geile, dicke Weiber mit Zahnlücken vor. „Egal", sagte er sich, „es wird auf jeden Fall eine Erfahrung wert sein.

Am Samstag fuhr Jan zum angegeben Haus in einem Gewerbegebiet. Er nannte seinen Namen und wurde von einer jungen Frau, die offenbar zu den Veranstaltern gehörte, bekleidet mit einem luftigen Sommerkleid mit Blumenmuster, in die Umkleide begleitet, wo er sich auszog. Die Frau malte ihn den Namen „Bruno" auf den rechten und linken Oberarm. Während sie ihn zur Bar begleitete fragte sie ihn, ob er sich die Regeln durchgelesen hatte. „Natürlich."

Mitten im Raum standen drei nackte Frauen, ein nackter Mann und ein, mit einer Lederweste und Designerjeans bekleideter, Mann. Jeder hatte ein Glas Sekt in der Hand und alle taten so, als wären sie angezogen.

„Guten Abend Bruno. Ich bin Harry. Ich stelle dich den anderen Gästen vor", sagte der Bekleidete. Jan begrüßte Anna, Betty, Cindy und Arthur mit Handschlag. Er war so aufgeregt und so sehr damit beschäftigt, diese Aufregung zu verbergen, dass er erst dazu kam, sich die Frauen näher anzuschauen, als der nächste Gast, ein Mann, eintrat.

Alle drei Frauen hatte Übergewicht. Aber zahnlos, geil und alt waren sie nicht. Zumindest nicht so alt. Anna hatte kurzes, rotes Haar, ein hübsches Gesicht. Sie stand mit beiden Beinen fest auf dem Boden, nahezu bewegungslos. Sie strahlte

Selbstbewusstsein aus. Die anderen beiden hatten längeres Haar und wirkten deutlich unsicherer.

Er würde mit allen Sex haben. Er würde ihre Brüste in die Hand nehmen und sich an ihnen reiben.

Zuerst hatte er sich über die Anweisung, das Essen schweigend einzunehmen, gewundert. Doch jetzt, als sie alle zehn nackt am Tisch saßen, war er froh darüber. Jan konnte alle noch einmal in aller Ruhe anschauen. Ohne geistreich zu sein. Er konnte ein paar Fantasien durchgehen, wie es mit welcher Frau wäre und sich überlegen, ob es besser war, bei der ersten zu ejakulieren oder bei der letzten oder zwischendurch. Nach dem zweiten Orgasmus würde er Schwierigkeiten mit seiner Lust bekommen und er musste ja mit allen Frauen in sexuellen Kontakt treten.

Während des Desserts wurde gelost und es wurden noch ein paar Anweisungen gegeben. Dann ging es los. Jan wurde gebeten, zuerst mit Dora in das Kaminzimmer zu gehen. Sie gingen. Im geschlossenen Kamin brannte ein Feuer, davor stand ein großes Bett, daneben in einem Regal Kosmetiktücher und ein Korb mit Kondomen. Dora legte sich gleich hin. Jan wusste nicht, ob er jetzt wieder sprechen sollte und wollte. Er ließ es bleiben und legte sich einfach zu ihr.

Beide lagen sie auf der Seite, abgestützt auf den Ellenbogen. Zunächst zögernd streckte Jan seinen Arm aus und fuhr der fremden Frau über die Hüften, streichelte ihren Busen. Die Lust regte sich. Sie legte sich auf den Rücken, ließ ihn gewähren. Als er zwischen ihre Beine griff, spürte er ihre Bereitschaft. Sie war feucht und warm. Nun gab es kein Halten mehr. Jan nahm ein Kondom aus dem Korb und drang in sie ein. Er bemühte sich darum, auf sie zu achten, einen Rhythmus zu finden, der ihr gefiel, zog sich wieder aus ihr raus, fasste sie mit der Hand an, drang wieder in sie ein. Er kam, drehte sich auf den Rücken, fühlte sich gut und schlecht zugleich.

Ein Rascheln neben ihm ließ ihn wieder klarwerden. „Soll ich dich noch ein wenig streicheln?" fragte er. „Nein, die Zeit ist gleich um. Wir entspannen uns einfach noch etwas. Um doch irgendetwas für sie zu tun, um seinen Egoismus zu kaschieren, nahm er sie in den Arm. Nahezu bewegungslos verharrten sie, bis ein Gong erklang. Das Zeichen zum Duschen.

Das Badezimmer war leer, doch erfüllt von Wasserdampf. Nachdem Jan sich gesäubert hatte, wurde er von Harry in ein anderes Zimmer geführt. Das ganze Zimmer war grün. Grüne Wände, grüne Regale, ein grünes Bild. Betty lag auf dem Bett. Sie lächelte. „Hallo Bruno", sagte sie, „ist es in Ordnung, wenn du unten liegst, ich hatte gerade eine ganz verrückte Runde? Ich bin jetzt richtig warmgelaufen".

„Ja, klar, ist in Ordnung", murmelte Jan und kam sich vor, als wäre er ein Lustknabe. Betty brachte seinen Pint wieder in Stellung und nachdem das vollbracht war, ritt sie ihn, bis sie ihren Orgasmus hinausschrie und sich von ihm löste. „Toll", zwitscherte sie und nahm seinen Kopf zwischen ihre großen Brüste. Jan hatte fast Sorge zu ersticken, wagte aber nicht, sich zu befreien. Also hielt er still, bis ihn der Gong erlöste.

In der Seemannskajüte traf er auf Cindy. Hier war kein Bett. Nur eine Hängematte. Cindy saß darunter mit den Rücken an die Wand gelehnt. Sie wirkte etwas erschöpft. „Hallo", sagte er. Erschöpft?"

„Ja, streichele mich ein wenig. Ich bin gleich wieder fit." Zum ersten Mal in seinem Leben wünschte sich Jan, eine Frau zu sein. Sein Pint tat ihm weh und er fragte sich, wie er die nächsten drei Runden überstehen sollte. „Wo soll ich dich streicheln?" fragte er, sich neben sie setzend. „Ach, fang einfach an." Er fing einfach an. Nach einer Weile dirigierte sie seinen Kopf zwischen ihre Beine. Eine Ewigkeit lutschte er, saugte er, entlockte hier und da ein Stöhnen, aber offenbar löste er eher Wohlbefinden denn Lust bei ihr aus. „Soll ich weitermachen?" fragte er. „Ja, mach weiter. Es ist angenehm." Der Gong war auch dieses Mal eine Erlösung.

Im nächsten Raum, der im Kolonialstil eingerichtet war, mit einem Mückenschutznetz über dem Bett und Fotos von Tigern und Löwen an den Wänden, erwartete ihn Elke. Sie war die hübscheste von allen. Ihre Körperteile harmonierten miteinander. Alles war in der richtigen Größe am richtigen Platz. Auch ihr Gesicht gefiel ihm. Jan hoffte, mit ihr schlafen zu können. Er wollte es. Elke war auch die erste Frau, die ihn menschlich berührte.

Sie fuhr ihm mit den Händen über seinen Körper, schaute ihn an. Seine sexuellen Angriffe lenkte sie in zarte Berührungen um. Er konnte nicht die notwendige Aggressivität aufbauen, um das zu tun, weswegen er hier war. Schließlich lag er ausgestreckt auf dem Bauch. Elke massierte ihm liebevoll den Rücken. Jan begann an Anna zu denken.

Zur gegebenen Zeit traf er sie in einen Raum, der fast in völliger Dunkelheit lag. Drei Kerzen beleuchteten das Bett, die Wände waren schwarz angestrichen. In dieser nahezu vollständigen Dunkelheit machte er sich ihren Körper zu Eigen. Alle Gedanken wichen aus dem Kopf. Nur noch seine Sinne waren aktiv. Jede Wahrnehmung wurde in sexuelle Aktivität umgesetzt. Ihr Geruch ließ ihn härter zustoßen, die erregten Brustwarzen in seinem Mund ihren Hintern umfassen, der Anblick des halb geöffneten Mundes, diesen zu küssen, fest und fordernd. Endlich war er im Fluss. Den Gong nahm er kaum wahr. Er wollte ihn auch nicht hören. Doch Anna stieß ihn zurück, befreite sich.

Als er später auf dem Blatt Papier ankreuzen sollte, wen er wiedersehen wollte, machte er kein Kreuz und gab den Zettel unbeschrieben zurück.

Doppelleben

Dieses Wochenende wollten sie an der See verbringen. Es war Mai und von Hamburg war es nur ein Katzensprung bis nach Sylt. Als er am Freitagabend nach Hause kam, hatte Maria bereits den größten Teil der Sachen gepackt. Sie hauchte ihm einen Kuss auf den Mund: „Hallo Schatz, wie war die Fahrt? Ich freue mich schon. Das Wetter soll super werden und es wird uns guttun, mal rauszukommen."

Bevor er zu einer Antwort ausholen konnte, schallte es durch das Haus: „Papa, wir haben das Hockeyspiel gewonnen."

„Aber, das ist ja großartig", antwortete er und schleuderte seinen ihm entgegenlaufenden Sohn durch die Luft, sobald er ihn zu fassen bekam. Amelie kam ebenfalls die Treppe runter: „Hallo Papa."

„Hallo Große", begrüßte er sie mit einem Kuss auf die Stirn. „Können wir noch ein wenig Fußball spielen?", rief Tim dazwischen. „Nun lasst den Papa doch erst mal ankommen", sagte Maria, doch Matthias winkte ab: „Lass nur, wenn bis zum Essen noch etwas Zeit ist, gehe ich mit den Kindern noch etwas raus.

Amelie, willst du mit?" Seine Tochter war jetzt zwölf, also in einem Alter, in dem Mädchen nicht mehr alles Mögliche mitmachen. Doch sie nickte. Sie hatte genau die gleichen blonden Haare wie seine Frau. Nur dass die von Amelie lang waren und Maria seit einiger Zeit einen Kurzhaarschnitt trug.

Später, nachdem er die Kinder ins Bett gebracht hatte, ließ er sich von Maria auf die Terrasse ziehen. Sie goss ihm einen Yogi-Tee ein. „Erzähl mir was von dir. Erzähl von deiner Woche. Seit du in Frankfurt arbeitest, komme ich mir vor, als wäre ich mit einem Geist verheiratet."

„Was soll ich schon erzählen. Es ist doch immer das Gleiche. In der Bank wird der Druck ständig erhöht, sodass du mich kaum öfter sehen würdest, lebtet ihr auch dort. Ich bin froh, wenn ich zwei Mal in der Woche ins Fitnessstudio komme und nicht allzu viele Abende mit Kunden oder anderen Bankern verbringen muss. Aber erzähl mir lieber von den Kindern. Und von dir." Er nahm ihre Hand in die seine. Maria war eine wunderbare Frau und eine wunderbare Mutter. Sie war die beste Frau und die beste Mutter, die er sich verstellen konnte.

Im Bett kuschelte sie sich an ihn an: „Ich habe dich vermisst. Zwei Jahre Fernbeziehung. Ich halte das nicht mehr aus. Vielleicht sollten wir doch nach Frankfurt ziehen?"

„Ich habe dich auch vermisst." Matthias überlegte, ob sie jetzt von ihm erwartete, dass er mit ihr schlief. Er vergrub seine Nase in ihren Hals, umfasste ihren Busen, bis sie weich, warm und bereit war.

Die Kinder, seine Frau, sein Haus. Nichts war ihm wichtiger auf der Welt.

Am Sonntagabend kehrte er in sein anderes Zuhause nach Frankfurt zurück. Susanne saß vor dem Fernseher, auf dem Sofa ausgestreckt, die langen braunen Haare mit einem Zopfgummi zusammengebunden. Es war schon eine Weile her, dass sie ihn am Sonntagabend im knappen, schwarzen Kleid mit einem Glas Rotwein in der Hand empfing. Schön war sie immer noch: „Hallo, Liebling, wie war's?" Er musste durch diese Frage hindurchschiffen wie ein Passagierschiff durch eine Meerenge. Nicht zu nah an der Wahrheit, nicht direkt lügen: „Ach, war ganz gut. Die Kinder hatten viel Spaß am Strand. Das Wetter war toll." „Komm, Kleines, zieh dir was an. Ich möchte noch ein Glas

Wein mit dir trinken gehen, bevor ich wieder zum Bankroboter werde." Sie lächelte, sprang auf, schlang ihre Arme um ihn. Er sog ihren Duft ein, spürte ihren Körper. Matthias bekam so viel Lust auf sie, dass er plötzlich nichts anderes mehr wollte, als in sie eindringen. Jetzt, hier, sofort. Susanne machte mit. Sie löste das Haargummi, schüttelte ihre Haare, ließ sich von ihm die Bluse aufknöpfen, stöhnte, als er in ihre Hose griff. Sie schliefen manchmal immer noch miteinander wie in der ersten Zeit. Wild und ungeduldig.

Damals war er zu spät damit rausgerückt, dass er verheiratet ist. Sie hatte sich schon in ihn verliebt. Er hätte es eher sagen müssen, um ihr eine wirkliche Chance zur Flucht zu ermöglichen. Er wollte diese Affäre eigentlich auch nicht. Dennoch waren sie gut gelaunt in die Zweisamkeit geschlittert. Jetzt teilten sie Bett und Tisch. Von Sonntagabend bis Freitagmittag, ausgenommen zwei Wochen im Sommer, einer zu Ostern und um Weihnachten herum.
Sie hatten nächtelang diskutiert und sind sich dabei doch immer nur nähergekommen. Bis sie es akzeptierte und er sich mit den Gegebenheiten

abgefunden hatte. Auf der Anrichte standen zwei Telefone. Susanne hatte auch das akzeptiert.

Discospiele

Schon über Stunden zogen sich die Verhandlungen hin. Jens war als Juniorchef von seinem Vater auf diese Geschäftsreise geschickt worden, um ein paar Tausend hochwertige Füllfederhalter dort herstellen zu lassen.

Der Firmeninhaber und seine rechten Hände wurden langsam müde. Jens hatte sich darum bemüht, freundlich und auch kompromissbereit zu sein, doch hatte er auch bestimmte Interessen der Firma seines Vaters zu wahren. „Let's make a break. We go to eat something", schlug der Pole vor. Jens nickte. Auch er sah keine Möglichkeit zur Einigung, wenn sie jetzt noch weitermachten.

Nur ein paar Minuten gingen sie durch die Warschauer Innenstadt, dann erreichten sie eines der besseren Restaurants der Stadt. Sobald sie das Lokal betreten hatten, fiel alle Griesgrämigkeit und Müdigkeit von den drei Gastgebern ab und sie wechselten von der betont sachlichen, englischen Sprache in ein heiteres Palaver eines Sprachgemisches zwischen Englisch, Deutsch und Polnisch. Jens hatte sich schon auf ein dröges

Geschäftsessen eingestellt und freute sich umso mehr, dass es nun anders zu kommen schien.

Sie lachten viel beim Essen und beschlossen, hinterher noch in eine Disco zu gehen. „Du bist ja noch jung", sagte einer der Angestellten, „du musst dir das Warschauer Nachtleben ansehen. Das ist schon außergewöhnlich."

Jens war schon jetzt reichlich beschwipst und nahm sich vor, von jetzt an nur noch Mineralwasser zu trinken. Auch wenn die Männer jetzt sehr locker waren und kein Wort mehr über das Geschäft verloren, wollte er sich dennoch unter Kontrolle halten. Dem Besuch in einem der Clubs von Warschau war er trotzdem nicht abgeneigt.

Nachdem seine Augen sich an das bunte Schummerlicht gewöhnt hatten, stockte ihm fast der Atem. Auf einer kleinen, improvisierten Bühne hinter der Tanzfläche saß eine junge Frau auf einer Art gynäkologischem Stuhl mit weit gespreizten Beinen. Neben ihr stand ein Mann mit einem Mikrofon in der Hand, neben ihm ein Glücksrad. Es wirkte so, als würde der Mann eine Show moderieren, doch was da genau vor sich ging, konnte Jens nicht erfassen. Er konnte nur ein paar Worte Polnisch verstehen und noch weniger sagen. Vor allem Dingen konnte er nicht glauben, dass da mitten in der Disco eine nackte Frau auf diesem merkwürdigen Stuhl saß. Trotzdem schaute er ihr zwischen die Beine.

Das Publikum schien sich nicht sonderlich darüber zu wundern. Ein Halbkreis, überwiegend bestehend aus gut angezogenen, jüngeren Menschen, stand vor der Empore, scherzend und lachend. Und es roch förmlich nach Geld. Die Stimmung war gut.

Der Moderator sprach in einem fort, wovon Jens kein Wort verstand. Jetzt schien ein spannender Moment gekommen zu sein. Männer und Frauen reckten eine Hand in die Höhe, riefen dem Moderator etwas zu, bis dieser einen jungen Mann auswählte und ihn auf die Bühne bat. Das Glücksrad wurde in Gang gesetzt. Beim genaueren Hinsehen sah Jens, dass es verschiedene Felder mit verschiedenen Körperregionen gab, allesamt erotischer Natur. Die Drehscheibe stoppte bei einem Feld, auf dem das weibliche Geschlechtsteil abgebildet war, darunter ein leicht geöffneter Mund und eine 100 mit einem Euro-Zeichen sowie eine 15. Die Menge klatschte begeistert. Der Frau auf dem Stuhl, die sich bislang kaum bewegt hatte, wurde ein Schnaps gereicht und auch der Mann, der soeben die Bühne betreten hatte, bekam einen.

Der Mann verschränkte seine Hände auf dem Rücken, kniete sich auf einen kleinen Hocker und versenkte seine Zunge zwischen die Beine der Frau. Die Frau begann zu stöhnen. Erst zögernd, dann immer lauter. Wie gebannt starrte Jens das Paar an. Erst jetzt bemerkte er, dass ein Kabel aus dem Unterleib der Frau ragte und im Hintergrund an der Wand eine Kurve durch einen Beamer abgebildet wurde, samt der Minutenzahl, die seit Beginn des Cunnilingus vergangen war. Die Menge wurde immer lebhafter, feuerte den Mann und die Frau an. Diese war nun richtig in Fahrt gekommen, stöhnte laut und reckte ihren Unterkörper dem Mann entgegen. Es waren neun Minuten vergangen. Der Mann leckte und saugte, wirkte eher wie ein Schwerarbeiter, als einer der in Sexspiele involviert war.

Nach weiteren zwei Minuten schrie die Frau auf, es ertönte ein Gong, die Menge klatschte. Nackt nahm die Frau den ihr vom Moderator hingehalten 100-Euro-Schein an. Auch der Mann bekam einen, der jetzt lächelte, nachdem er sich mit dem Ärmel über den Mund gefahren hatte, als hätte er einen ordentlichen Schluck frisches Bier getrunken. Beiden wurde noch ein Schnaps eingeschenkt und anschließend freundlich von der Bühne entlassen.

Auch Jens brauchte jetzt unbedingt einen Schnaps. Irritiert blickte er sich zu seinen Begleitern um, die nach wie vor in bester Stimmung waren und signalisierte ihnen, er gehe los, um etwas zu trinken zu holen. Er bestellte gleich eine ganze Flasche. Er hatte schon eine Menge Absurditäten in Discos erlebt. Von der Wahl der „Miss nasses T-Shirt" bis zu Verkupplungsaktionen aller Art. Aber das, öffentlicher Sex mit einer Prämie von 100 Euro, wenn die Frau kommt, war einfach unglaublich.

Jens bekam kaum etwas von den Worten mit, die seine Gesprächspartner an ihn wendeten. Er starrte auf das Glücksrad und erschloss die Bedeutung der Symbole: Brüste und ein Penis, darunter eine 200 und eine 16. Weibliche Geschlechtsorgane, Hände, eine 50 und eine 9. Ein Penis, eine Hand, eine 50 und die Zahl 6. Brüste und ein Mund, eine 200 und eine 7. Weibliche Geschlechtsorgane, ein Vibrator, eine 50 und eine 4. Es gab 12 verschiedene Kombinationen.

Nach einer Pause von 20 Minuten betrat der Moderator gutgelaunt wiederum die Bühne und läutete die nächste Runde ein. Die Arme der Mädchen reckten sich in die Höhe. Manche hatten ihre Bluse aufgeknöpft, um ihre Chance zu erhöhen.

Die Nachbarin vertreten

Gerade hatte es geklingelt. Müde, als hätte sie am Ironman teilgenommen, öffnete Anna die Tür. Dabei hatte sie nur acht Stunden gearbeitet. „Hallo Doro", begrüßte sie ihre Nachbarin. „Hallo Anna. Ich habe einen Kuchen gebacken. Hast du vielleicht Lust, ein Stück mit mir zu essen?"

„Klar gerne. Die Bügelwäsche kann auch noch etwas warten", sagte Anna und nickte.

Ein paar Minuten später saßen die Frauen gemütlich auf der Terrasse des Reihenhauses in dem Doro lebte. Anna wohnte mit ihrem Mann direkt neben ihr. Sie waren zwar nicht so richtige Freundinnen, doch verstanden sie sich so gut, dass sie ab und zu einen Kaffee miteinander tranken.

„So viel Zeit möchte ich auch mal haben und mitten in der Woche einen Kuchen backen", sagte Anna neidisch. „Du hast vielleicht ein Glück mit deinem Halbtagsjob."

„Ja, ist schon prima. Dafür schwimme ich aber auch nicht so im Geld wie ihr", bemerkte Doro. „Ach, das zieht nur neue Probleme mit sich. Wir werden ständig, natürlich meist am Wochenende, eingeladen. Zum Essen, zu Shows, auf Segeltörns, zur Jagd. Du kannst dir nicht vorstellen, wie sehr mich das nervt. Am liebsten bliebe ich einfach mal ein paar Wochenenden zu Hause und täte gar nichts."

„Ach, da beneide ich dich drum. Das macht doch Spaß. Mit meinen spärlichen Freunden geht es immer nur in die Kneipe oder ins Kino. Es ist so langweilig."

„Weißt du was, am nächsten Wochenende soll es nach Kiel gehen. Ein großes Essen und eine kleine Schifffahrt. Wie wäre es, wenn du mich da einfach mal vertrittst?"

„Ich? Aber ich weiß gar nicht, was ich anziehen soll."

„Na, das ist doch nun wirklich kein Problem. Wir haben nahezu die gleiche Statur. Ich leih dir etwas. Und meinem Mann wird es kaum auffallen. Wenn du ja sagst, spreche ich nachher gleich mit ihm."

Am Samstag in aller Frühe klingelte Kurt bei ihr. „Wie schön, dass du mitkommst", sagte er, „soll sich Anna ein wenig ausruhen."

„Ja, ich freue mich", stotterte Doro, der die ganze Situation jetzt doch merkwürdig vorkam. Weil es erst kurz vor sieben war und sie schon seit halb sechs auf den Beinen war, streckte sie sich in dem großen

BMW, so weit es ging, aus und schloss die Augen, nachdem sie etwas Smalltalk gemacht hatten.

Auch wenn sie Kurt eigentlich gar nicht kannte, waren sie sich doch vertraut genug für ein derartiges Verhalten. „Ich werde dich mit Anna und meine Frau anreden. Denk daran, darauf zu reagieren. Die Leute, mit denen wir zu tun haben, sind zwar nicht sehr wichtig, aber wichtig genug, um eine hervorragende Ehe darstellen zu müssen. ... Ach, mach dir keine Sorgen. Es wird schon klappen."

„Was ist an diesen Leuten so wichtig?" fragte Doro nach. „Es sind ein paar Leute der Autobranche und der Zulieferer da. Die wollen Geld und Sicherheiten und das Herunterfahren von Umweltschutzauflagen und meinen, sie könnten uns mit dem Wegfall von Arbeitsplätzen unter Druck setzen."

„So, " meinte Doro erstaunt", der nicht klar war, dass ihr Nachbar politisch irgendwie wichtig zu sein schien. „Welche Rolle spielst du dabei?"

„Ich bin so etwas wie ein Vermittler zwischen der Wirtschaft und der Politik. Das ist gut, weil alle zu mir freundlich sind und es ist schlecht, weil ich ständig jemanden enttäuschen muss, weil ich nicht alle Erwartungen erfüllen kann."

Doro hatte sich damit zufriedengegeben und überließ sich den an ihr vorüberziehenden Wolkenbildern. „Du musst eigentlich nur hübsch aussehen und lächeln. Und hübsch aussehen tust du ja."

„Naja, nicht so wie Anna", dachte Doro, „aber immerhin bin ich jünger."

Sie kamen an in Kiel und betraten eines dieser Luxushotels, um einen Brunch einzunehmen. Doro mochte die Atmosphäre. Es fühlte sich unglaublich gut an, zu den wichtigen und reichen Leuten dazuzugehören, auch wenn das für sie nur eine geliehene Wichtigkeit war.

Es waren etwa dreißig Leute anwesend. Doro tat, worum Kurt sie gebeten hatte: Sie lächelte. Ab und zu machte sie ein interessiertes Gesicht, brachte ein „Ach ja" oder ein „So" unter und fühlte sich wohl zwischen Auberginentatar mit gebackener Zucchini, skandinavischem Sild und Lachs, gefülltem Kaninchenrücken mit getrüffeltem Frühlingslauch und gebraten Kartoffelküchlein, gegrillten Pangasius im Currymantel, Mangotörtchen mit Kakaosabayon, Pistazien-Crème-Brûlée, diesen angenehmen freundlichen Menschen und dem schönen Ambiente.

Sie konnten direkt auf die Kieler Förde sehen. Das Wasser glitzerte im tiefen Blau.

Ein paar Stunden später saßen sie an Deck eines Zweimast-Gaffeltop-Schoners. Das Schiff sah genauso aus, wie man sich ein Segelschiff vorstellt. Zwischendurch wurde immer wieder Champagner herumgereicht. Doro hätte jeden Tag so verbringen können. Kurt sprach häufig mit anderen Männern, kam aber hin und wieder bei ihr vorbei, um ein paar freundliche Worte mit ihr zu wechseln. Das war nett, obgleich es nicht notwendig war, da sie Anschluss an eine Gruppe von Frauen gefunden hatte, mit denen sie sich über das Einmachen von Marmelade austauschte. Mit ihren Freunden redete sie häufig über Probleme individueller oder auch globaler Art. Hier war alles seicht und leicht und es gefiel Doro.

„Zum Dinner ziehen wir uns um", sagte Kurt, als sie wieder im Hotel waren. „Aber ich habe doch gar nichts weiter mit", erwiderte Doro, die sich auf die Heimreise eingestellt hatte. „Doch, ich habe noch etwas für dich dabei. Wir gehen rauf in das Zimmer." Sie gingen in das Zimmer und Doro wunderte sich, dass eigens, um sich umzuziehen, ein Zimmer gebucht worden waren.

Das schwarze Kleid passte. Die Pumps waren ein wenig zu klein, aber es ließ sich ertragen. Doro frischte ihr Make-up auf und sah ganz passabel aus.

Das Dinner war ausgesprochen gut. Es war sogar sehr gut. Doro konnte sich nicht daran erinnern, jemals so gut gegessen zu haben. Anschließend trat ein Kabarettist auf und danach wurde getanzt. Sie war froh, sich zumindest an die Grundschritte erinnern zu können. Auch wenn sie seit Jahren nicht mehr so getanzt hatte, machte es ihr Spaß.

Erst später registrierte sie, dass Kurt reichlich Wein trank, so wie sie und all die anderen auch. Er konnte unmöglich noch fahren. Noch etwas später sagte Kurt, sie gehen jetzt schlafen. Es wurde sich freundlich von den Verbleibenden verabschiedet. Kurt steuerte auf den Lift zu und dann war es ganz klar. Sie würde mit Kurt diese Nacht in diesem Hotelzimmer verbringen.

Sie hatten es ihr nicht gesagt. Sie hatte auch nichts, was für eine Übernachtung nötig wäre, dabei. Doro fühlte sich vollkommen überrumpelt.

Für Kurt schien alles ganz selbstverständlich: Ich hoffe, es hat dir gefallen?" fragte er. „Ja, sehr gut", antwortete sie, „aber ich wusste nicht, dass wir hier übernachten."

„Mach dir keine Sorgen, es wird nichts geschehen, was du nicht magst. Morgen, gleich nach dem Frühstück fahren wir heim."

„Aber ... aber ich hätte es vorher wissen müssen", beharrte Doro. „Ja, du hast Recht, aber jetzt lass uns schlafen."

„Also Anna bittet mich immer abends, wenn Ruhe eingekehrt ist, ihr den Rücken zu massieren", redete Kurt weiter, während er sich entkleidete. Tatsächlich war die Idee verlockend, aber wie sollte sie Anna unter die Augen treten? „Leg dich hin. Es ist für Anna in Ordnung", sagte er, als hätte er ihre Gedanken erraten.

„Aber ich kann doch nicht ...?" Es fehlten Doro die Worte. „Aber sicher kannst du. Alles, was du willst. Es ist in Ordnung. Für mich und für Anna. Ich nehme an, sie vergnügt sich jetzt gerade mit einem süßen Callboy. Aber wir sind jetzt hier. Und du machst einfach, was du möchtest. Wir leben heute. Komm, lass dich etwas verwöhnen."

Obgleich Anna beim Wein reichlich zugelangt hatte und inzwischen sehr müde war, spürte sie unter diesem Schleier der Unzurechnungsfähigkeit eine eigentümliche Klarheit. Vielleicht hatte er Recht. Vielleicht konnte das Leben einfach einfach sein, wenn man es fertigbrächte, für den Moment zu leben.

Sie ergab sich der Situation und legte sich hin, nur noch mit ihrem Slip bekleidet, auf den Bauch und sagte nichts mehr. Richtig war es nicht. Das wusste sie. Doch in dieser Situation gab es nichts, was richtiger gewesen wäre.

Seine Hände, benetzt mit reichlich Öl, fühlten sich angenehm auf ihrem Rücken an. Doro entspannte sich immer mehr. Auch als Kurt ihr den Slip auszog, erschien es ihr nur wie eine logische Folge des Geschehens. Seine Hände glitten zwischen ihre Beine. Doro spreizte sie ein wenig mehr. „Dreh dich um", hauchte er. Sie drehte sich um und erwartete, dass er sich auf sie legte, aber er tat es nicht. Er fuhr fort, mit der Massage. Es schien ihm zu gefallen. Nachdem sie kurz die Augen geöffnet hatte, sein Pint in ihr Blickfeld gerückt war, hatte sie festgestellt, dass er schlaff war.

„Ja, ich bin impotent. Ich habe Arteriosklerose".

Er fuhr fort ihren Körper mit Zärtlichkeiten einzudecken. Doro war so sehr davon eingelullt, dass sie ihre, sich steigernde Lust kaum bemerkte. Als er mit den Fingern in sie eindrang und den Geschlechtsverkehr simulierte, schwappte der Orgasmus leicht und nahezu unbemerkt über sie. Das Wohlbefinden war perfekt. Zufrieden schlief Doro ein, konnte zuvor gerade noch ein leises „Danke" in Kurts Richtung hauchen. Sie begann, sich schon auf die nächste Vertretung zu freuen.

Um Anna machte sie sich jetzt keine Sorgen mehr. Sie hatte ja nicht mit ihrem Mann geschlafen.

Swingerclub

Es war eine rein sexuelle Beziehung. Anja wollte sich auf keinen Fall verlieben. Sie hatte genug von der Liebe. Sie wollte sich nur ein wenig amüsieren. Mit ihm oder mit anderen. Das war gleich.

Sie hatte schon früher einmal einen Swingerclub besucht. Einfach so zum Spaß. Sogar alleine war sie dort gewesen und wenn ihr einer gefiel oder auch eine Konstellation nackter Menschen, hatte sie sich ohne zu zögern beteiligt. Es war ein Spiel. Ein Spiel mit Körpern. Anja mochte ihren Körper. Sie mochte es, wenn Wellen der Erregung ihn durchzogen, wenn er bis aufs Äußerste sensibilisiert war, wenn Berührungen ihn zum Leben erweckten. Die Abtrennung von Seele und Körper gelang. Es war möglich, ganz in die Körperwelt einzutauchen und die Seele derweil zu beurlauben.

Um ihn zu beeindrucken, lud sie Robert ein, mit ihr eine Nacht im Swingerclub zu verbringen. Anja wollte mit ihrer Fähigkeit zur Körperlichkeit prahlen. Begeistert sagte er zu.

Ihm hatte sie ein zu kleines, schwarzes Muskelshirt und einen schwarzen Stringtanga besorgt. Sie selber trug das Gleiche, nur dass ihr Shirt aus einem nahezu durchsichtigen Tüllstoff bestand und einen eingearbeiteten BH in sich verbarg, der ihren Busen in eine ansprechende Form positionierte. „Du siehst so gut aus, ich könnte dich jetzt gleich hier in der Umkleide vernaschen", raunte Robert ihr ins Ohr und drückte sie an den kalten Metallschrank, nachdem sie den Club betreten hatten.

„Gedulde dich noch ein wenig. Wir schauen erstmal, was drinnen los ist", schnurrte Anja und versuchte einen Schritt von ihm wegzukommen. Aber Robert wollte sich nicht gedulden. Gierig zog er ihr den Slip hinunter und drang in sie ein, nahm ihre Brüste in die Hände, rieb sich daran und schob ihr seine Zunge in den Mund. Dem ersten Impuls nach wollte sie sich losreißen, sie wollte protestieren. Aber dann hätte sie alles kaputtgemacht. Den ganzen Abend, auf den sie sich gefreut hatte. Sie hielt durch. Er war so heiß, es würde nicht lange dauern.

Am liebsten hätte sie sich geduscht. Das ging nicht. So brachte sie ihn erst einmal zur Bar, teilte ihm ihren Getränkewunsch mit, um dann die Toilette aufzusuchen. Dort säuberte sie sich notdürftig mit Papierhandtüchern, Wasser und Seife. „Verdammt", dachte sie, „was fiel ihm bloß ein? So über mich herzufallen." Er hatte sie schon vorher ab und zu hart rangenommen. Er hatte sie in die Brust gebissen oder, kurz bevor er kam, nahezu gewürgt. Sie wollte nicht als verzärteltes Wesen gelten. Sie wollte gut sein. Deshalb hatte sie mitgemacht.

Auch heute Abend wollte sie gut sein. Sie würde die beste Frau sein, mit der er je gefickt hatte. Er würde sich noch nach ihr verzehren, wenn sie ihn schon lange vergessen hätte. So straffte sie ihren Körper, setzte ein Lächeln auf. Als sie neben ihm war, flüsterte sie: „Na, ich hoffe, du hast dich noch nicht verausgabt."

„Baby, trink erstmal etwas. Dann gehen wir auf Entdeckungstour." Sie hatte ihm gebeten, ihr einen Glas Sekt zu bestellen. Vor ihr stand ein Whisky mit Cola. Sie wollte sich setzen, aber er meinte, wenn sie stünde, gefiele sie ihm viel besser. „Komm Baby, zieh diesen Fetzen aus. Du hast so geile Titten. Die brauchst du doch nicht verstecken."

Natürlich starrten alle sie an. Anja musste etwas Energie mobilisieren, um in ihrer Rolle zu bleiben:

Die coole Körperlichkeit. Aber jetzt war es anders. Sie bestimmte nicht die Regeln. Und sie wusste nicht, wie sie das Heft wieder in die Hand nehmen konnte, ohne ihn zu verlieren. Obwohl er ihr eigentlich nichts bedeutete. Was war das nur für ein merkwürdiges Spiel, auf das sie sich eingelassen hatte?

Nochmals straffe sie sich. „Komm", sagte sie, um dieses beschissene Gefühl der Hilflosigkeit loszuwerden und die Initiative zu ergreifen, „wir schauen uns um."

„Einen Moment, Baby", antwortete Robert und bestellte sich noch einen Whisky. Anja nickte. Scheitern wollte sie auch nicht. Nicht schon wieder. Nicht alleine durch die Clubs tingeln, nicht den Singlestatus an sich kleben haben, wie einen Makel. Er konnte doch auch nett sein und es machte Spaß, mit ihm auszugehen. Musste man nicht immer einen Preis zahlen?

Er stand auf. Anja wünschte sich nur noch, der Abend möge schnell vorübergehen. Gleich im ersten Raum blieben sie an der Tür stehen. Auf einem Bett lag ein Paar. Missionar. Er war am Keuchen, sie auch. Aber bei ihr klang es nicht rund. Eher wie aufgesetzt. Auf einem Stuhl in einer Ecke neben der Tür saß ein

Mann. Er schaute den beiden zu. Es war einer von denen, die nie eine reelle Chance auf eine Frau hatten: Zu klein, zu hässlich, zu fade, zu wenig selbstbewusst. „Na los, Kleines, kümmere dich ein wenig um den Süßen", sagte Robert und schubste sie in seine Richtung. „Komm schon, mach ihn richtig heiß."

Wollte sie immer noch cool sein? Oder was trieb sie dazu, sich auf seinen Schoß zu setzen und „Hallo Süßer" zu hauchen? Als er ihre Brüste in die Hände nahm, bemerkte sie Roberts Erektion. Sie griff nach einem Gummi, wollte es ihm geben, um diese Situation zu beenden. Robert mischte sich ein: „So nicht. Mach es richtig." Sie wusste, was das bedeutete: Auf die Knie gehen, das Gummi in den Mund nehmen und es dem Mann so überstreifen.

Der Typ war begeistert und als er fertig war, wies Robert sie an, sich freundlich bei ihm zu bedanken.

Zwei Räume weiter entdeckte er mit Anja fest im Griff ein Andreas-Kreuz. „Wunderbar", sagte er, „das ist jetzt genau das Richtige." Auf ihren ängstlichen Blick hin nahm er sie in den Arm. „Ich werde dir nicht wehtun. Es ist nur ein Spaß. Vertrau mir. Es wird dir gefallen." Ganz sacht bedeckte er ihr Gesicht mit

Küssen, strich ihr den Rücken entlang, so zart, dass sie ihm glaubte.

An das schräge Kreuz brachte Robert ihre Hände und Beine in Position, zurrte sie mit Lederriemen fest. Mit einem Tuch wurden ihre Augen verbunden. Die Angst schlich ihr durch den Körper. So geöffnet und verletzlich hatte sie sich noch nie gefühlt. Die Frage, ob sie ihm vertrauen konnte, musste sie innerlich immer wieder verneinen. Aber vielleicht irrte sie sich auch? Vielleicht konnte sie ihm vertrauen.

Sie spürte wie etwas Hartes ihre Brustwarzen umkreiste, vermutlich war es das Ende der Peitsche, die sie vorhin an der Wand hängen sah. Er würde sie doch nicht schlagen? Das Ding wanderte tiefer, zwischen ihre gespreizten Beine. Anja fühlte sich vollkommen ausgeliefert. Unter der Angst spürte sie Lust. Hände folgten der eben gezogen Spur. Waren es Roberts? Wie konnte es nur möglich sein, dass sie seine Hände nicht erkannte? Hören tat sie nichts, außer Roberts tiefe, erregte Atemzüge.

Dann sauste der erste Hieb auf ihrem Körper nieder. Der Schmerz durchfuhr sie und sie wollte schreien. Wollte ihn anbrüllen, er solle aufhören. Da spürte sie seine Küsse auf den Striemen, seine Hände, die sie liebkosten: „Baby, das ist so geil. Du bist so schön. Das ist das Größte, was mir je eine Frau gegeben hat." Ihre Gegenwehr sackte in sich zusammen. Sie stimmte einem weiteren Schlag zu. „Und jetzt will ich, dass du kommst."

Danach war sie völlig erschöpft. Ihr Körper brannte und sie wollte nur noch weg. Robert sagte, sie sollten erst einmal was trinken gehen.

„Ich will gehen", beharrte sie. „Komm schon, es ist noch früh."

„Nein", schrie Anja. „Nein."

„Schon gut, beruhige dich. Noch ein Drink und wir verschwinden." Aber Anja wusste, dass es weitergehen würde und sie musste jetzt weg. Weg von diesem Club und vor allem weg von Robert, weil sie spürte, dass er sie nicht liebte, genauso wenig, wie sie ihn liebte.

Sie ging. Sie nahm ein Taxi fuhr nach Hause und legte sich ins Bett. Weinen tat sie nicht mehr. Das hatte sie im Taxi getan.

Die Liebe macht früher oder später unglücklich, aber ohne Liebe geht es gar nicht.

Das schwarze Tuch

Es war schon nach Mitternacht. Ziellos bewegte sich Robin durch die Stadt. Er fühlte sich so leer, so haltlos und so gekränkt, wie die Trostlosigkeit in dieser Nacht im November in diesem Viertel von Berlin. Wenn er diesen Zustand nicht schon einmal erlebt hätte, brächte er sich jetzt um.

Aber er hatte es schon einmal erlebt. Wochenlang hatte er seelen- und emotionslos vor sich hinvegetiert und irgendwann war das geschehen, was er niemals für möglich gehalten hatte. Er konnte wieder lachen.

Was konnte ein Mann in einer Krise schon tun außer saufen, arbeiten oder sexuelle Exzesse initiieren, die nur noch tiefer ins Leid stießen. Alles nutzte nichts. Nichts nutzte etwas. Dennoch entschied sich Robin für einen Drink.

In der Kneipe, in der er schließlich landete, waren nur Männer. Eine Schwulenkneipe. Das war offensichtlich. Robin war's egal. Eine Meinung für oder gegen etwas konnte er von sich selber in diesem Zustand nicht erwarten.

Die Location war gut besucht. Viele Männer standen zu zweit herum, andere in Gruppen, wenige alleine.

Die meisten von ihnen waren normal angezogen: Jeans und T-Shirt. Nur ein paar trugen Lederklamotten: Lederhose oder Lederjacke oder Lederweste. Zumindest war es nicht so schlimm, als dass er gleich die Flucht ergreifen müsste.

Robin bestellte ein Bier.

Kaum hatte er den ersten Schluck zu sich genommen, stand einer dieser Ledertypen neben ihm. Ein Mann wie ein Klischee: Groß, breit, das Gesicht mit Bartstoppeln übersäht, Dünste von Schweiß und Tabak ausstoßend, bekleidet mit einer schwarzen Lederhose und einem schwarzen T-Shirt. Er musste knapp über dreißig Jahre alt sein. „Hallo", sagte der. „Sorgen?" Robin wollte ihn schon irgendwie abwimmeln, aber in den braunen Augen, die ihm tief in seine blickten, bemerkte er echtes Interesse. Außerdem war sowieso alles egal. Also erzählte er. Alles und noch mehr. Mehr, als er glaubte, erzählen zu können. Der Mann hörte ihm zu. Robin fühlte sich so verstanden und angenommen von diesem Fremden, als würde er ihn schon ewig kennen. Er fühlte sich akzeptiert in seinem Sein, in seiner Person. Er musste sich nicht profilieren, nichts Schönreden.

Die Kneipe schloss und der Mann sagte: „Komm, wir gehen zu mir." Robin ging mit. Wie selbstverständlich. Als sie auf der Straße nebeneinander hergingen, bemerkte er ein schwarzes Tuch in der linken Gesäßtasche des vertrauten Fremden. Es hatte irgendeine Bedeutung, aber er konnte sich nicht daran erinnern, welche es war.

Nach ein paar Minuten fand sich Robin in einem Raum wieder, in dem ein großes Bett stand. Robin wusste nicht, was er tun sollte und setzte sich auf die Bettkante. Der Mann entzündete ein paar Kerzen die in, an der Wand befestigten Kerzenhaltern steckten. Kein Wort fiel. Dann kam er auf Robin zu, hockte sich vor ihn: „Hör zu, Robin. Ich werde dir jetzt etwas geben, was wichtig für dich ist. Wenn du „Stopp" sagst, höre ich auf. Versuch es aber nicht zu tun. Du wirst nur etwas erfahren, wenn du durchhältst. Es ist eine Chance für dich. Verstanden?" Mehr als nicken konnte Robin nicht. Er spürte, dass der Mann, dessen Namen er nicht kannte, Gutes tun wollte.

Robin wurde ausgezogen. Seine Hände und Füße an die Bettpfosten gebunden, so dass es wehtat. Aber die Seile waren gut. Sie schnitten nicht ins Fleisch.

Und als er sich bemühte, in die Spreizung hineinzugehen, sich zu ergeben, ließ der Schmerz nach. Als nächstes wurden ihm kleine Klammern aus Metall an die Brustwarzen geklemmt. Es tat nicht so sehr weh, wie er befürchtet hatte. Um seinen Pint und seine Hoden wurden Lederringe gelegt und befestigt. Das dauerte lange. Robin bemerkte seine Erektion und eine sexuelle Lust, die er nicht kannte. Er war immer aktiv gewesen, hatte so Lust erzeugt. Jetzt konnte er nichts tun. Und er hatte immer mit Frauen Sex gehabt.

Die Klammern an der Brust wurden wieder abgenommen. Das tat weh. Viel mehr als das Anlegen. Robin entfuhr ein Schmerzenslaut. Die Klammern wurden wieder angelegt und wieder abgenommen. Je weniger Gegenwehr er dem entgegenbrachte, je mehr Robin sich einließ, desto besser war der Schmerz zu ertragen, desto mehr verwandelte er sich in Lust, die ruhig war, ihn immer mehr ausfüllte, ihn sogar entspannen ließ.

Es folgten mehr Klammern: An sein Ohr, an die Wange, die Innenseite seiner Oberschenkel. Seine Hoden erhielten Klammern und sein Pint. In der gleichen Reihenfolge wurden sie wieder gelöst und befestigt. Der Schmerz nahm nicht ab, sondern zu. Aber er fühlte sich gut an. Er konnte sich der Situation hingeben und fühlte zu diesem Mann, der ihn die Schmerzen fühlen ließ, absolutes Vertrauen. Der war ganz ruhig, ging systematisch vor, beobachte Robin genau und stimmte sein Handeln darauf ab. Immer tat er genau das Richtige, traf immer die richtige Stärke des Schmerzes.

Viele Minuten später zog sich der Mann die Lederhose aus, faltete sie zusammen und legte sie auf einen Stuhl ab. Auch das T-Shirt streifte er ab. Er stand direkt neben Robin, sein Pint steil aufgerichtet. Er blieb stehen, genoss Robins Blick, der sich auf sein Geschlecht geheftet hatte und Robins damit verbundene Unsicherheit, die sich mit Spuren von Angst mischte. Der Mann harrte aus, bis die Ängstlichkeit in Robins Augen verschwunden war.

Dann setzte er sich auf Robins Brustkorb, sein Pint berührte sein Gesicht. Wieder wurden ein paar Klammern gelöst und festgemacht. Das war Robin vertraut. Nur dieser große Pint, der da seine Wange berührte, sich bewegte, zu atmen und pulsieren schien, irritierte.

Ihm wurde ein Kissen unter den Kopf geschoben. Jetzt befand sich der Pint direkt vor seinem Mund. „Entscheide du, wann du ihn öffnest und ihn aufnimmst", sagte der Mann. Robin brauchte dafür ein paar Minuten. Dann tat er es. Die Atemzüge des Mannes wurden tiefer, aber nicht schneller. Er hatte sich vollkommen unter Kontrolle. Das beruhigte Robin. Er konnte seinen Mund noch etwas weiter öffnen, begann den Pint, der sich ganz ruhig hielt, mit seiner Zunge zu umspielen, zog ihn etwas tiefer in sich hinein, drückte ihn zurück. Das fiel leicht.

Der Mann richtete sich etwas auf und stieß tief und langsam in Robins Mund hinein. Der glaubte beinahe zu ersticken. Er musste Würgen, konnte es nicht unterdrücken. Auch beim zweiten Stoß war es nicht anders. Der Pint zog sich zurück.

Die Fesselung wurde gelöst, die meisten der Klammern abgenommen. Robin meinte schon, es wäre vorbei, da wurde er hart auf den Bauch gedreht. Als der riesige Pint in ihn eindrang, glaubte Robin, den Schmerz kaum aushalten zu können. Immer wenn er meinte, er könne nicht mehr, das „Stopp" schon auf den Lippen, hielt der Mann inne oder zog sich wieder ein wenig zurück. Es dauerte lange, bis er ganz in ihm steckte.

Robin fühlte sich aufgespießt, ausgefüllt, voller Hilflosigkeit, und Schmerz. Er war überwältigt. Er gab auf. Etwas in ihm gab sich vollständig auf und in die Hände dieses Mannes. Von ihm fühlte er sich vollständig aufgehoben, angenommen, geliebt. Dieser Widerstand, der ihn stets daran gehindert hatte, sich auf etwas einzulassen, brach vollkommen auseinander. Jetzt hatte er Erlösung gefunden.

Wenig später verließ er das Bett, den Raum, die Wohnung, das Haus. Es war Morgen geworden. Die eiskalte Luft tat ihm gut. Er fuhlte sich wie befreit, so, als wenn er etwas Großartiges vollbracht hatte. Er fühlte sich stark, jedem Problem gewachsen, fast schon berauscht. Er konnte das Leben ertragen. Er konnte durch den Schmerz gehen und trotzdem heile wieder herauskommen. Er konnte leben.

Mary Poppins

Mary Poppins, ein Kindermädchen mit zauberhaften Möglichkeiten, ging in Familien, um phantastische Veränderungen zu initiieren. Sie beobachtete die Familien genau und gab ihnen das, was ihnen fehlte. Im gleichnamigen Roman von Pamela L. Travers landete sie bei Familie Banks. Stets kam sie mit dem Westwind angeflogen, war einfach da und alles wurde gut.

Familie Banks war der Humor, die Lebendigkeit, der Spaß am Leben verlorengegangen. Mit Mary lernten sie zu lachen, dem Leben etwas Schönes abzugewinnen, zu staunen und sie tanzten gemeinsam sogar fröhlich durch das alte Haus. Vermutlich war Mary Poppins ein Engel.

Irgendwann, nach getaner Arbeit, drehte sich der Wind, kam dann von Osten und Mary Poppins flog davon.

Marie war auch eine Mary Poppins. Sie war ein Liebesengel und brachte Männern die Liebe. Marie hatte Männer getroffen, die 25, 35, 45 oder 55 Jahre alt waren und noch nie geliebt hatten. Sie hatten niemals zu jemandem „Ich liebe dich" gesagt. Das ist ungefähr so, als ob man niemals an der frischen Luft gewesen wäre, niemals den Wind im Haar gespürt hätte, niemals das Meer gesehen hätte. Ohne Liebe ist das Leben ein dummes, wertloses Leben, ganz gleich, was man sonst noch vollbringt.

Marie meinte nicht die Liebe als Gefühl, die so schnell zur Sucht werden kann, nicht das Begehren, nicht das um die eigene Einsamkeit herumschippern. Auch nicht das gegenseitige Benutzen, um eigene Bedürfnisse zu befriedigen. Sie meinte die Liebe als Zustand, die sich selbst genügt, nichts fordert, nichts erwartet, sondern einfach ist. Wenn es überhaupt eine Bewegung gibt, dann ist es das Bedürfnis zu geben, gut zu tun, anzunehmen, diesen Menschen, der einem den Zustand der Liebe ermöglicht hat. Akzeptanz, Vertrauen, Liebe und Respekt gehören immer zusammen. Zu Lieben ist eine Kunst.

Es war eine Art Job, ein paar Männern zu zeigen, was es bedeutet zu lieben. Und für Marie war es der beste Job der Welt.

Niemals suchte Marie einen Mann, immer ließ sie sich finden. Immer war sie bereit, sich finden zu lassen. Jedes Mal, wenn sie einem Mann begegnete, der es lernen wollte, nicht unbedingt wusste er dies selber, aber Marie spürte es sofort, begann sie selber zu lieben. Anders konnte es gar nicht geschehen.

Durch ihre Liebe begannen die Männer aufzutauen. Sie wirkte wie ein Entfroster. All die Bedürfnisse, Liebe und Vertrauen zu nehmen und zu geben, über sich selber zu sprechen und zuzuhören, lagen plötzlich bloß da und oft verursachte die Erkenntnis, eine so lange Zeit ohne Liebe gelebt zu haben, einen langandauernden, stummen Schmerzensschrei.

Viele begannen, ihr Leben zu verändern. Je älter sie waren, desto besser gelang es. Sie begannen, sich Weichheiten und Menschlichkeiten zu erlauben, sie verweigerten sich, alle Erwartungen zu erfüllen, die ihnen als Mann gestellt wurden. Auch lehnten sie es zunehmend ab, sich lediglich über Geld, den Job und Koitusraten zu definieren. Sie begannen damit, sich selber zu erkennen, und es gelang ihnen sogar, diese Entdeckungen zu akzeptieren und zu mögen. Es war wie ein Erwachen. Manche wachten plötzlich auf, andere nach und nach.

Marie war wie ein Spiegel. Wie ein Seismograf erfasste Marie all die bewussten und unbewussten Wünsche und Bedürfnisse rasch und präzise und reagierte darauf. Mal warf sie sie einfach zurück, mal gab sie sie als ihre eigenen aus, mal zeigte sie Möglichkeiten zur Transformation auf.

Das Reden nahm stets einen großen Zeitraum ein. Durch das Reden wurde vieles möglich. Sex spielte natürlich eine fast ebenso große Rolle. Aber immer verlangte Marie eine körperliche und eine seelische Begegnung. Es ging nicht nur um das Vergnügen an sich, sondern auch darum, Intimität zu ermöglichen. Ihr wichtigstes Instrument war es jedoch, selber zu lieben. Zu zeigen, was Liebe ist und was Liebe kann.

Das Geheimnis der Liebe ist es, sich gegenteilig zu gängigen, kapitalistisch geprägten Verhaltensnormen zu verhalten. Es geht nicht ums Nehmen. Nicht darum, mit möglichst wenig Einsatz möglichst viel herauszuholen. Die geliebten Menschen sind in kein Schema zu pressen, um einem ein möglichst komfortables Leben zu ermöglichen. Es geht darum, sich einzulassen und in Beziehung zu treten mit diesem anderen Menschen. Es geht um das Geben. Denn nur wer gibt, bekommt das Gefühl der Liebe zu spüren. „Frage nicht was dein Land für dich tun kann, sondern was du für dein Land tun kannst!", hatte John F. Kennedy in einem anderen Zusammenhang gesagt. Das Prinzip ist das gleiche. Es geht um das

Geben, ohne das Nehmen im Hinterkopf zu haben. Dazu muss man bereit sein, über das Nützlichkeitsparadigma hinausgehen und diesen anderen Menschen kennenlernen und akzeptieren, wie er ist. In der Liebe geht es nicht um das olympische Prinzip: Höher, schneller, weiter. Es geht um Tiefe. Man muss sich auf den anderen Menschen einlassen, sich öffnen und damit beginnen zu vertrauen.

Sich selber und einen anderen Menschen zu akzeptieren und zu mögen, ist immer eins. Wenn das eine gelingt, gelingt auch das andere.

Eine Beziehung ist nie ein verletzungsfreier Raum. Dieses Risiko einzugehen, sich selber verletzlich zu machen und auch zu verletzen, ist eine wunderbare Erfahrung. Diese Möglichkeit, gleich ob sie eintritt oder nicht, macht erst eine aufrichtige Beziehung möglich, weil sie Vertrauen und Menschlichkeit beweist.

In diesem Sinne ist Liebe ein hochzivilisierter Prozess, der gleichzeitig vollständig auf die Errungenschaften der Zivilisation verzichtet. Liebe benötigt kein Wissen, keine Technik, nicht einmal Sprache, aber nur, wenn man Wissen, Technik und

Sprache beherrscht, kann man sich in Liebesdingen wiederum davon abwenden.

Je tiefer die Männer im kapitalistischen Denken verhaftet waren, desto mehr benötigten sie die Liebe. Die Sehnsucht nach echter Nähe ist so groß, dass es Marie immer wieder von Neuem überwältigte. Wenn sie begriffen hatten, dass man Nähe nicht nehmen kann, sondern nur empfinden kann, wenn man sie gibt, stürzte das viele in Verwirrung. Es war zu schwierig zu verstehen. Aber kognitives Verstehen war auch nicht das, was weiterhalf. Niemals hielt sich Marie mit Erklärungen auf. Immer wirkte sie nur durch ihr Sein und ihr Tun.

Marie selber war wie eine Amaryllis. Eine Beziehungsamaryllis. Sie kam mit wenig Liebe aus, weil sie wusste, dass ein Zustand der Liebe aus sich selber heraus generierbar ist. Es braucht keinen anderen Menschen, um zu lieben, aber die Erfahrung der Liebe zu einem anderen Menschen gemacht zu haben, kann erst zu der Erkenntnis führen, dass es keinen anderen Menschen braucht.

Irgendwann sagten sie es. Sie konnten die drei magischen Worte: „Ich liebe dich" aussprechen. Sie konnten dabei lächeln. Sie waren angekommen.

Meist dauerte es dann nicht mehr lange, bis Marie spürte, dass der Abschied nahte. Niemals beendete sie eine Liebesbeziehung, doch wenn sie merkte, dass sie von einem Mann nicht mehr gebraucht wurde, ließ sie ihn ziehen.

Der Wind begann zu drehen. Marie flog davon.